故事新编

GU SHI XIN BIAN

鲁迅 著

中国商业出版社

图书在版编目（CIP）数据

鲁迅小说集.故事新编/鲁迅著.--北京：中国商业出版社，2018.3（2021.8重印）

ISBN 978-7-5208-0227-7

Ⅰ.①鲁… Ⅱ.①鲁… Ⅲ.①鲁迅小说-小说集 Ⅳ.①I210.6

中国版本图书馆CIP数据核字（2018）第019480号

责任编辑：姜丽君

中国商业出版社出版发行

（100053 北京广安门内报国寺1号）

010-63180647　　www.c-cbook.com

新华书店经销

三河市天润建兴印务有限公司印刷

* * * *

880毫米×1230毫米　　32开　　7印张　　200千字

2018年6月第1版　　2021年8月第2次印刷

定价：45.00元

* * * *

（如果印装质量问题可更换）

目 录
contents

● **故事新编**

序　言 002

补　天 004

奔　月 011

理　水 020

采　薇 032

铸　剑 046

出　关 061

非　攻 069

起　死 079

● **准风月谈** / 选编

帮闲法发隐 090

登龙术拾遗 092

由聋而哑 094

新秋杂识（二） 096

男人的进化 098

同意和解释 100

- 文床秋梦 102
- 电影的教训 104
- 关于翻译（上）....................................... 106
- 关于翻译（下）....................................... 108
- 新秋杂识（三）....................................... 110
- 礼 112
- 打听印象 114
- 吃　教 116
- 喝　茶 118
- 禁用和自造 120
- 看变戏法 122
- 双十怀古 124
- 重三感旧 129
- "感旧"以后（上）................................. 131
- "感旧"以后（下）................................. 135
- 黄　祸 137
- 冲 139
- "滑稽"例解 141
- 外国也有 143
- 扑　空 145
- 《扑空》正误 149
- 突　围 150
- 答"兼示" 152

中国文与中国人.................. 156

野兽训练法...................... 158

反刍............................ 159

归厚............................ 160

难得糊涂........................ 162

古书中寻活字汇.................. 164

"商定"文豪..................... 165

青年与老子...................... 167

后记............................ 169

● **且介亭杂文** /选编

关于中国的两三件事.............. 192

拿来主义........................ 197

隔膜............................ 199

买《小学大全》记................ 202

忆韦素园君...................... 207

忆刘半农君...................... 212

"以眼还眼"..................... 214

运命............................ 217

故事新编

序 言

　　这一本很小的集子,从开手写起到编成,经过的日子却可以算得很长久了:足足有十三年。

　　第一篇《补天》——原先题作《不周山》——还是一九二二年的冬天写成的。那时的意见,是想从古代和现代都采取题材,来做短篇小说,《不周山》便是取了"女娲炼石补天"的神话,动手试作的第一篇。首先,是很认真的,虽然也不过取了弗罗特说,来解释创造——人和文学的——的缘起。不记得怎么一来,中途停了笔,去看日报了,不幸正看见了谁——现在忘记了名字——的对于汪静之君的《蕙的风》的批评,他说要含泪哀求,请青年不要再写这样的文字。这可怜的阴险使我感到滑稽,当再写小说时,就无论如何,止不住有一个古衣冠的小丈夫,在女娲的两腿之间出现了。这就是从认真陷入了油滑的开端。油滑是创作的大敌,我对于自己很不满。

　　我决计不再写这样的小说,当编印《呐喊》时,便将它附在卷末,算是一个开始,也就是一个收场。

　　这时我们的批评家成仿吾先生正在创造社门口的"灵魂的冒险"的旗子底下抡板斧。他以"庸俗"的罪名,几斧砍杀了《呐喊》,只推《不周山》为佳作,——自然也仍有不好的地方。坦白的说罢,这就是使我不但不能心服,而且还轻视了这位勇士的原因。我是不薄"庸俗",也自甘"庸俗"的;对于历史小说,则以为博考文献,言必有据者,纵使有人讥为"教授小说",其实是很难组织之作,至于只取一点因由,随意点染,铺成一篇,倒无需怎样的手腕;况且"如鱼饮水,冷暖自知",用庸俗的话来说,就是"自家有病自家知"罢:《不周山》的后半是很草率的,决不能称为佳作。倘使读者相信了这冒险家的话，一定自误，而我也成了误人，于是当《呐喊》印行第二版时，即将这一篇删除；向这位"魂灵"回敬了当头一棒——我的集子里，只剩着"庸俗"在跋扈了。

直到一九二六年的秋天，一个人住在厦门的石屋里，对着大海，翻着古书，四近无生人气，心里空空洞洞。而北京的未名社，却不绝的来信，催促杂志的文章。这时我不愿意想到目前；于是回忆在心里出土了，写了十篇《朝华夕拾》；并且仍旧拾取古代的传说之类，豫备足成八则《故事新编》。但刚写了《奔月》和《铸剑》——发表的那时题为《眉间尺》，——我便奔向广州，这事就又完全搁起了。后来虽然偶尔得到一点题材，作一段速写，却一向不加整理。

现在才总算编成了一本书。其中也还是速写居多，不足称为"文学概论"之所谓小说。叙事有时也有一点旧书上的根据，有时却不过信口开河。而且因为自己的对于古人，不及对于今人的诚敬，所以仍不免时有油滑之处。过了十三年，依然并无长进，看起来真也是"无非《不周山》之流"；不过并没有将古人写得更死，却也许暂时还有存在的余地的罢。

一九三五年十二月二十六日，鲁迅。

补 天

一

女娲忽然醒来了。

伊似乎是从梦中惊醒的,然而已经记不清做了什么梦;只是很懊恼,觉得有什么不足,又觉得有什么太多了。煽动的和风,暖暾的将伊的气力吹得弥漫在宇宙里。

伊揉一揉自己的眼睛。

粉红的天空中,曲曲折折的漂着许多条石绿色的浮云,星便在那后面忽明忽灭的目夹眼。天边的血红的云彩里有一个光芒四射的太阳,如流动的金球包在荒古的熔岩中;那一边,却是一个生铁一般的冷而且白的月亮。然而伊并不理会谁是下去,和谁是上来。

地上都嫩绿了,便是不很换叶的松柏也显得格外的娇嫩。桃红和青白色的斗大的杂花,在眼前还分明,到远处可就成为斑斓的烟霭了。

"唉唉,我从来没有这样的无聊过!"伊想着,猛然间站立起来了,擎上那非常圆满而精力洋溢的臂膊,向天打一个欠伸,天空便突然失了色,化为神异的肉红,暂时再也辨不出伊所在的处所。

伊在这肉红色的天地间走到海边,全身的曲线都消融在淡玫瑰似的光海里,直到身中央才浓成一段纯白。波涛都惊异,起伏得很有秩序了,然而浪花溅在伊身上。这纯白的影子在海水里动摇,仿佛全体都正在四面八方的迸散。但伊自己并没有见,只是不由的跪下一足,伸手掬起带水的软泥来,同时又揉捏几回,便有一个和自己差不多的小东西在两手里。

"阿,阿!"伊固然以为是自己做的,但也疑心这东西就白薯似的原在泥土里,禁不住很诧异了。

然而这诧异使伊喜欢,以未曾有的勇往和愉快继续着伊的事业，呼吸吹嘘着，汗混和着……

"Nga！nga！"那些小东西可是叫起来了。

"阿，阿！"伊又吃了惊，觉得全身的毛孔中无不有什么东西飞散，于是地上便罩满了乳白色的烟云，伊才定了神，那些小东西也住了口。

"Akon，Agon！"有些东西向伊说。

"阿阿，可爱的宝贝。"伊看定他们，伸出带着泥土的手指去拨他肥白的脸。

"Uvu，Ahaha！"他们笑了。这是伊第一回在天地间看见的笑，于是自己也第一回笑得合不上嘴唇来。

伊一面抚弄他们，一面还是做，被做的都在伊的身边打圈，但他们渐渐的走得远，说得多了，伊也渐渐的懂不得，只觉得耳朵边满是嘈杂的嚷，嚷得颇有些头昏。

伊在长久的欢喜中，早已带着疲乏了。几乎吹完了呼吸，流完了汗，而况又头昏，两眼便蒙胧起来，两颊也渐渐的发了热，自己觉得无所谓了，而且不耐烦。然而伊还是照旧的不歇手，不自觉的只是做。

终于，腰腿的酸痛逼得伊站立起来，倚在一座较为光滑的高山上，仰面一看，满天是鱼鳞样的白云，下面则是黑压压的浓绿。伊自己也不知道怎样，总觉得左右不如意了，便焦躁的伸出手去，信手一拉，拔起一株从山上长到天边的紫藤，一房一房的刚开着大不可言的紫花，伊一挥，那藤便横搭在地面上，遍地散满了半紫半白的花瓣。

伊接着一摆手，紫藤便在泥和水里一翻身，同时也溅出拌着水的泥土来，待到落在地上，就成了许多伊先前做过一般的小东西，只是大半呆头呆脑，獐头鼠目的有些讨厌。然而伊不暇理会这等事了，单是有趣而且烦躁，夹着恶作剧的将手只是抡，愈抡愈飞速了，那藤便拖泥带水的在地上滚，像一条给沸水烫伤了的赤练蛇。泥点也就暴雨似的从藤身上飞溅开来，还在空中便成了哇哇地啼哭的小东西，爬来爬去的撒得满地。

伊近于失神了，更其抡，但是不独腰腿痛，连两条臂膊也都乏了力，伊于是不由的蹲下身子去，将头靠着高山，头发漆黑的搭在山顶上，喘息一回之后。叹一口气，两眼就合上了。紫藤从伊的手里落了下来，也困顿不堪似的懒洋洋的躺在地面上。

二

轰!!!

在这天崩地塌价的声音中,女娲猛然醒来,同时也就向东南方直溜下去了。伊伸了脚想踏住,然而什么也踹不到,连忙一舒臂揪住了山峰,这才没有再向下滑的形势。

但伊又觉得水和沙石都从背后向伊头上和身边滚泼过去了,略一回头,便灌了一口和两耳朵的水,伊赶紧低了头,又只见地面不住的动摇。幸而这动摇也似乎平静下去了,伊向后一移,坐稳了身子,这才挪出手来拭去额角上和眼睛边的水,细看是怎样的情形。

情形很不清楚,遍地是瀑布般的流水;大概是海里罢,有几处更站起很尖的波浪来。伊只得呆呆的等着。

可是终于大平静了,大波不过高如从前的山,像是陆地的处所便露出棱棱的石骨。伊正向海上看,只见几座山奔流过来,一面又在波浪堆里打旋子。伊恐怕那些山碰了自己的脚,便伸手将他们撮住,望那山坳里,还伏着许多未曾见过的东西。

伊将手一缩,拉近山来仔细的看,只见那些东西旁边的地上吐得很狼藉,似乎是金玉的粉末,又夹杂些嚼碎的松柏叶和鱼肉。他们也慢慢的陆续抬起头来了,女娲圆睁了眼睛,好容易才省悟到这便是自己先前所做的小东西,只是怪模怪样的已经都用什么包了身子,有几个还在脸的下半截长着雪白的毛毛了,虽然被海水粘得像一片尖尖的白杨叶。

"阿,阿!"伊诧异而且害怕的叫,皮肤上都起粟,就像触着一支毛刺虫。

"上真救命……"一个脸的下半截长着白毛的昂了头,一面呕吐,一面断断续续的说,"救命……臣等……是学仙的。谁料坏劫到来,天地分崩了。……现在幸而……遇到上真,……请救蚁命,……并赐仙……仙药……"他于是将头一起一落的做出异样的举动。

伊都茫然,只得又说,"什么?"

他们中的许多也都开口了,一样的是一面呕吐,一面"上真上真"

的只是嚷,接着又都做出异样的举动。伊被他们闹得心烦,颇后悔这一拉,竟至于惹了莫名其妙的祸。伊无法可想的向四处看,便看见有一队巨鳌正在海面上游玩,伊不由的喜出望外了,立刻将那些山都搁在他们的脊梁上,嘱咐道,"给我驼到平稳点的地方去罢!"巨鳌们似乎点一点头,成群结队的驼远了。可是先前拉得过于猛,以致从山上摔下一个脸有白毛的来,此时赶不上,又不会凫水,便伏在海边自己打嘴巴。这倒使女娲觉得可怜了,然而也不管,因为伊实在也没有工夫来管这些事。

　　伊嘘一口气,心地较为轻松了,再转过眼光来看自己的身边,流水已经退得不少,处处也露出广阔的土石,石缝里又嵌着许多东西,有的是直挺挺的了,有的却还在动。伊瞥见有一个正在白着眼睛呆看伊;那是遍身多用铁片包起来的,脸上的神情似乎很失望而且害怕。

　　"那是怎么一回事呢?"伊顺便的问。

　　"呜呼,天降丧。"那一个便凄凉可怜的说,"颛顼不道,抗我后,我后躬行天讨,战于郊,天不祐德,我师反走,……"

　　"什么?"伊向来没有听过这类话,非常诧异了。

　　"我师反走,我后爰以厥首触不周之山,折天柱,绝地维,我后亦殂落。呜呼,是实惟……"

　　"够了够了,我不懂你的意思。"伊转过脸去了,却又看见一个高兴而且骄傲的脸,也多用铁片包了全身的。

　　"那是怎么一回事呢?"伊到此时才知道这些小东西竟会变这么花样不同的脸,所以也想问出别样的可懂的答话来。

　　"人心不古,康回实有豕心,觊天位,我后躬行天讨,战于郊,天实祐德,我师攻战无敌,殛康回于不周之山。"

　　"什么?"伊大约仍然没有懂。

　　"人心不古,……"

　　"够了够了,又是这一套!"伊气得从两颊立刻红到耳根,火速背转头,另外去寻觅,好容易才看见一个不包铁片的东西,身子精光,带着伤痕还在流血,只是腰间却也围着一块破布片。他正从别一个直挺挺的东西的腰间解下那破布来,慌忙系上自己的腰,但神色倒也很平淡。

　　伊料想他和包铁片的那些是别一种,应该可以探出一些头绪了，便问道：

"那是怎么一回事呢？"

"那是怎么一回事呵。"他略一抬头，说。

"那刚才闹出来的是？……"

"那刚才闹出来的么？"

"是打仗罢？"伊没有法，只好自己来猜测了。

"打仗罢？"然而他也问。

女娲倒抽了一口冷气，同时也仰了脸去看天。天上一条大裂纹，非常深，也非常阔。伊站起来，用指甲去一弹，一点不清脆，竟和破碗的声音相差无几了。伊皱着眉心，向四面察看一番，又想了一会，便拧去头发里的水，分开了搭在左右肩膀上，打起精神来向各处拔芦柴：伊已经打定了"修补起来再说"的主意了。

伊从此日日夜夜堆芦柴，柴堆高多少，伊也就瘦多少，因为情形不比先前，——仰面是歪斜开裂的天，低头是腌臢破烂的地，毫没有一些可以赏心悦目的东西了。

芦柴堆到裂口，伊才去寻青石头。当初本想用和天一色的纯青石的，然而地上没有这么多，大山又舍不得用，有时到热闹处所去寻些零碎，看见的又冷笑，痛骂，或者抢回去，甚而至于还咬伊的手。伊于是只好搀些白石，再不够，便凑上些红黄的和灰黑的，后来总算将就的填满了裂口，止要一点火，一熔化，事情便完成，然而伊也累得眼花耳响，支持不住了。

"唉唉，我从来没有这样的无聊过。"伊坐在一座山顶上，两手捧着头，上气不接下气的说。

这时昆仑山上的古森林的大火还没有熄，西边的天际都通红。伊向西一瞟，决计从那里拿过一株带火的大树来点芦柴积，正要伸手，又觉得脚趾上有什么东西刺着了。

伊顺下眼去看，照例是先前所做的小东西，然而更异样了，累累坠坠的用什么布似的东西挂了一身，腰间又格外挂上十几条布，头上也罩着些不知什么，顶上是一块乌黑的小小的长方板，手里拿着一片物件，刺伊脚趾的便是这东西。

那顶着长方板的却偏站在女娲的两腿之间向上看，见伊一顺眼，便仓皇的将那小片递上来了。伊接过来看时，是一条很光滑的青竹片，上面还有两行黑色的细点，比槲树叶上的黑斑小得多。伊倒也很佩服这手段的细巧。

"这是什么？"伊还不免于好奇，又忍不住要问了。

顶长方板的便指着竹片，背诵如流的说道，"裸裎淫佚，失德蔑礼败度，禽兽行。国有常刑，惟禁！"

女娲对那小方板瞪了一眼，倒暗笑自己问得太悖了，伊本已知道和这类东西扳谈，照例是说不通的，于是不再开口，随手将竹片搁在那头顶上面的方板上，回手便从火树林里抽出一株烧着的大树来，要向芦柴堆上去点火。

忽而听到呜呜咽咽的声音了，可也是闻所未闻的玩艺，伊姑且向下再一瞟，却见方板底下的小眼睛里含着两粒比芥子还小的眼泪。因为这和伊先前听惯的"nga nga"的哭声大不同了，所以竟不知道这也是一种哭。

伊就去点上火，而且不止一地方。

火势并不旺，那芦柴是没有干透的，但居然也烘烘的响，很久很久，终于伸出无数火焰的舌头来，一伸一缩的向上舔，又很久，便合成火焰的重台花，又成了火焰的柱，赫赫的压倒了昆仑山上的红光。大风忽地起来，火柱旋转着发吼，青的和杂色的石块都一色通红了，饴糖似的流布在裂缝中间，像一条不灭的闪电。

风和火势卷得伊的头发都四散而且旋转，汗水如瀑布一般奔流，大光焰烘托了伊的身躯，使宇宙间现出最后的肉红色。

火柱逐渐上升了，只留下一堆芦柴灰。伊待到天上一色青碧的时候，才伸手去一摸，指面上却觉得还很有些参差。

"养回了力气，再来罢。……"伊自己想。

伊于是弯腰去捧芦灰了，一捧一捧的填在地上的大水里，芦灰还未冷透，蒸得水渐渐的沸涌，灰水泼满了伊的周身。大风又不肯停，夹着灰扑来，使伊成了灰土的颜色。

"吁！……"伊吐出最后的呼吸来。

天边的血红的云彩里有一个光芒四射的太阳，如流动的金球包在荒古的熔岩中；那一边，却是一个生铁一般的冷而且白的月亮。但不知道谁是下去和谁是上来。这时候，伊的以自己用尽了自己一切的躯壳，便在这中间躺倒，而且不再呼吸了。

上下四方是死灭以上的寂静。

三

有一日，天气很寒冷，却听到一点喧嚣，那是禁军终于杀到了，因为他们等候着望不见火光和烟尘的时候，所以到得迟。他们左边一柄黄斧头，右边一柄黑斧头，后面一柄极大极古的大纛，躲躲闪闪的攻到女娲死尸的旁边，却并不见有什么动静。他们就在死尸的肚皮上扎了寨，因为这一处最膏腴，他们检选这些事是很伶俐的。然而他们却突然变了口风，说惟有他们是女娲的嫡派，同时也就改换了大纛旗上的科斗字，写道"女娲氏之肠"。

落在海岸上的老道士也传了无数代了。他临死的时候，才将仙山被巨鳌背到海上这一件要闻传授徒弟，徒弟又传给徒孙，后来一个方士想讨好，竟去奏闻了秦始皇，秦始皇便教方士去寻去。

方士寻不到仙山，秦始皇终于死掉了；汉武帝又教寻，也一样的没有影。

大约巨鳌们是并没有懂得女娲的话的，那时不过偶而凑巧的点了点头。模模胡胡的背了一程之后，大家便走散去睡觉，仙山也就跟着沉下了，所以直到现在，总没有人看见半座神仙山，至多也不外乎发见了若干野蛮岛。

一九二二年十一月作。

奔　月

一

聪明的牲口确乎知道人意，刚刚望见宅门，那马便立刻放缓脚步了，并且和它背上的主人同时垂了头，一步一顿，像捣米一样。

暮霭笼罩了大宅，邻屋上都腾起浓黑的炊烟，已经是晚饭时候。家将们听得马蹄声，早已迎了出来，都在宅门外垂着手直挺挺地站着。羿在垃圾堆边懒懒地下了马，家将们便接过缰绳和鞭子去。他刚要跨进大门，低头看看挂在腰间的满壶的簇新的箭和网里的三匹乌老鸦和一匹射碎了的小麻雀，心里就非常踌躇。但到底硬着头皮，大踏步走进去了；箭在壶里豁朗豁朗地响着。

刚到内院，他便见嫦娥在圆窗里探了一探头。他知道她眼睛快，一定早瞧见那几匹乌鸦的了，不觉一吓，脚步登时也一停，——但只得往里走。使女们都迎出来，给他卸了弓箭，解下网兜。他仿佛觉得她们都在苦笑。

"太太……。"他擦过手脸，走进内房去，一面叫。

嫦娥正在看着圆窗外的暮天，慢慢回过头来，似理不理的向他看了一眼，没有答应。

这种情形，羿倒久已习惯的了，至少已有一年多。他仍旧走近去，坐在对面的铺着脱毛的旧豹皮的木榻上，搔着头皮，支支吾吾地说——

"今天的运气仍旧不见佳，还是只有乌鸦……。"

"哼！"嫦娥将柳眉一扬，忽然站起来，风似的往外走，嘴里咕噜着，"又是乌鸦的炸酱面，又是乌鸦的炸酱面！你去问问去，谁家是一年到头只吃乌鸦肉的炸酱面的？我真不知道是走了什么运，竟嫁到这里来,整年的就吃乌鸦的炸酱面!"

"太太,"羿赶紧也站起,跟在后面,低声说,"不过今天倒还好,另外还射了一匹麻雀,可以给你做菜的。女辛!"他大声地叫使女,"你把那一匹麻雀拿过来请太太看!"

野味已经拿到厨房里去了,女辛便跑去挑出来,两手捧着,送在嫦娥的眼前。

"哼!"她瞥了一眼,慢慢地伸手一捏,不高兴地说,"一团糟!不是全都粉碎了么?肉在那里?"

"是的,"羿很惶恐,"射碎的。我的弓太强,箭头太大了。"

"你不能用小一点的箭头的么?"

"我没有小的。自从我射封豕长蛇……。"

"这是封豕长蛇么?"她说着,一面回转头去对着女辛道,"放一碗汤罢!"便又退回房里去了。

只有羿呆呆地留在堂屋里,靠壁坐下,听着厨房里柴草爆炸的声音。他回忆当年的封豕是多么大,远远望去就像一坐小土冈,如果那时不去射杀它,留到现在,足可以吃半年,又何用天天愁饭菜。还有长蛇,也可以做羹喝……。

女乙来点灯了,对面墙上挂着的彤弓、彤矢、卢弓、卢矢、弩机、长剑、短剑,便都在昏暗的灯光中出现。羿看了一眼,就低了头,叹一口气;只见女辛搬进夜饭来,放在中间的案上,左边是五大碗白面;右边两大碗,一碗汤;中央是一大碗乌鸦肉做的炸酱。

羿吃着炸酱面,自己觉得确也不好吃;偷眼去看嫦娥,她炸酱是看也不看,只用汤泡了面,吃了半碗,又放下了。他觉得她脸上仿佛比往常黄瘦些,生怕她生了病。

到二更时,她似乎和气一些了,默坐在床沿上喝水。羿就坐在旁边的木榻上,手摩着脱毛的旧豹皮。

"唉,"他和蔼地说,"这西山的文豹,还是我们结婚以前射得的,那时多么好看,全体黄金光。"他于是回想当年的食物,熊是只吃四个掌,驼留峰,其余的就都赏给使女和家将们。后来大动物射完了,就吃野猪兔山鸡;射法又高强,要多少有多少。"唉,"

他不觉叹息,"我的箭法真太巧妙了,竟射得遍地精光。那时谁料到只剩下乌鸦做菜……。"

"哼。"嫦娥微微一笑。

"今天总还要算运气的,"羿也高兴起来,"居然猎到一只麻雀。这是远绕了三十里路才找到的。"

"你不能走得更远一点的么?!"

"对。太太。我也这样想。明天我想起得早些。倘若你醒得早,那就叫醒我。我准备再远走五十里,看看可有些獐子、兔子。……但是,怕也难。当我射封豕长蛇的时候,野兽是那么多。你还该记得罢,丈母的门前就常有黑熊走过,叫我去射了好几回……。"

"是么?"嫦娥似乎不大记得。

"谁料到现在竟至于精光的呢。想起来,真不知道将来怎么过日子。我呢,倒不要紧,只要将那道士送给我的金丹吃下去,就会飞升。但是我第一先得替你打算,……所以我决计明天再走得远一点……。"

"哼。"嫦娥已经喝完水,慢慢躺下,合上眼睛了。

残膏的灯火照着残妆,粉有些褪了,眼圈显得微黄,眉毛的黛色也仿佛两边不一样。但嘴唇依然红得如火;虽然并不笑,颊上也还有浅浅的酒窝。

"唉唉,这样的人,我就整年地只给她吃乌鸦的炸酱面……。"羿想着,觉得惭愧,两颊连耳根都热起来。

二

过了一夜就是第二天。

羿忽然睁开眼睛,只见一道阳光斜射在西壁上,知道时候不早了;看看嫦娥,兀自摊开了四肢沉睡着。他悄悄地披上衣服,爬下豹皮榻,踅出堂前,一面洗脸,一面叫女庚去吩咐王升备马。

他因为事情忙,是早就废止了朝食的;女乙将五个炊饼,五株葱和一包辣酱都放在网兜里,并弓箭一齐替他系在腰间。他将腰带紧了一紧,轻轻地跨出堂外面,一面告诉那正从对面进来的女庚道——

"我今天打算到远地方去寻食物去,回来也许晚一些。看太太醒后,用过早点心,有些高兴的时候,你便去禀告,说晚饭请她等一等,对不起得很。记得么?你说:对不起得很。"

他快步出门,跨上马,将站班的家将们扔在脑后,不一会便跑出村庄了。前面是天天走熟的高粱田,他毫不注意,早知道什么也没有的。加上两鞭,一径飞奔前去,一气就跑了六十里上下,望见前面有一簇很茂盛的树林,马也喘气不迭,浑身流汗,自然慢下去了。大约又走了十多里,这才接近树林,然而满眼是胡蜂、粉蝶、蚂蚁、蚱蜢,那里有一点禽兽的踪迹。他望见这一块新地方时,本以为至少总可以有一两匹狐儿兔儿的,现在才知道又是梦想。他只得绕出树林,看那后面却又是碧绿的高粱田,远处散点着几间小小的土屋。风和日暖,鸦雀无声。

"倒楣!"他尽量地大叫了一声,出出闷气。

但再前行了十多步,他即刻心花怒放了,远远地望见一间土屋外面的平地上,的确停着一匹飞禽,一步一啄,像是很大的鸽子。他慌忙拈弓搭箭,引满弦,将手一放,那箭便流星般出去了。

这是无须迟疑的,向来有发必中;他只要策马跟着箭路飞跑前去,便可以拾得猎物。谁知道他将要临近,却已有一个老婆子捧着带箭的大鸽子,大声嚷着,正对着他的马头抢过来。

"你是谁哪?怎么把我家的顶好的黑母鸡射死了?你的手怎的有这么闲哪?……"

羿的心不觉跳了一跳,赶紧勒住马。

"阿呀!鸡么?我只道是一只鹁鸪。"他惶恐地说。

"瞎了你的眼睛!看你也有四十多岁了罢。"

"是的,老太太,我去年就有四十五岁了。"

"你真是枉长白大!连母鸡也不认识,会当作鹁鸪!你究竟是谁哪?"

"我就是夷羿。"他说着,看看自己所射的箭,是正贯了母鸡的心,当然死了,末后的两个字便说得不大响亮;一面从马上跨下来。

"夷羿?……谁呢?我不知道。"她看着他的脸,说。

"有些人是一听就知道的。尧爷的时候,我曾经射死过几匹野猪,几条蛇……。"

"哈哈,骗子!那是逢蒙老爷和别人合伙射死的。也许有你在内罢;但你倒说是你自己了,好不识羞!"

"阿阿,老太太。逢蒙那人,不过近几年时常到我那里来走走,我并没有和他合伙,全不相干的。"

"说诳。近来常有人说,我一月就听到四五回。"

"那也好。我们且谈正经事罢。这鸡怎么办呢?"

"赔。这是我家最好的母鸡,天天生蛋。你得赔我两柄锄头,三个纺锤。"

"老太太,你瞧我这模样,是不耕不织的,那里来的锄头和纺锤。我身边又没有钱,只有五个炊饼,倒是白面做的,就拿来赔了你的鸡,还添上五株葱和一包甜辣酱。你以为怎样?……"他一只手去网兜里掏炊饼,伸出那一只手去取鸡。

老婆子看见白面的炊饼,倒有些愿意了,但是定要十五个。磋商的结果,好容易才定为十个,约好至迟明天正午送到,就用那射鸡的箭作抵押。羿这时才放了心,将死鸡塞进网兜里,跨上鞍鞯,回马就走,虽然肚饿,心里却很喜欢,他们不喝鸡汤实在已经有一年多了。

他绕出树林时,还是下午,于是赶紧加鞭向家里走;但是马力乏了,刚到走惯的高粱田近旁,已是黄昏时候。只见对面远处有人影子一闪,接着就有一枝箭忽地向他飞来。

羿并不勒住马,任它跑着,一面却也拈弓搭箭,只一发,只听得铮的一声,箭尖正触着箭尖,在空中发出几点火花,两枝箭便向上挤成一个"人"字,又翻身落在地上了。第一箭刚刚相触,两面立刻又来了第二箭,还是铮的一声,相触在半空中。那样地射了九箭,羿的箭都用尽了;但他这时已经看清逢蒙得意地站在对面,却还有一枝箭搭在弦上正在瞄准他的咽喉。

"哈哈,我以为他早到海边摸鱼去了,原来还在这些地方干这些勾当,怪不得那老婆子有那些话……。"羿想。

那时快,对面是弓如满月,箭似流星。飕的一声,径向羿的咽喉飞过来。也许是瞄准差了一点了,却正中了他的嘴;一个筋斗,他带箭掉下马去了,马也就站住。

逢蒙见羿已死,便慢慢地蹩过来,微笑着去看他的死脸,当作喝一杯胜利的白干。

刚在定睛看时,只见羿张开眼,忽然直坐起来。

"你真是白来了一百多回。"他吐出箭,笑着说,"难道连我的'啮镞法'都没有知道么?这怎么行。你闹这些小玩艺儿是不行的,偷去的拳头打不死本人,要自己练练才好。"

"即以其人之道,反诸其人之身……"胜者低声说。

"哈哈哈!"他一面大笑,一面站了起来,"又是引经据典。但这些话你只可以哄哄老婆子,本人面前捣什么鬼?俺向来就只是打猎,没有弄过你似的剪径的玩艺儿……。"他说着,又看看网兜里的母鸡,倒并没有压坏,便跨上马,径自走了。

"……你打了丧钟!……"远远地还送来叫骂。

"真不料有这样没出息。青青年纪,倒学会了诅咒,怪不得那老婆子会那么相信他。"羿想着,不觉在马上绝望地摇了摇头。

三

还没有走完高粱田,天色已经昏黑;蓝的空中现出明星来,长庚在西方格外灿烂。马只能认着白色的田塍走,而且早已筋疲力竭,自然走得更慢了。幸而月亮却在天际渐渐吐出银白的清辉。

"讨厌!"羿听到自己的肚子里骨碌骨碌地响了一阵,便在马上焦躁了起来。"偏是谋生忙,便偏是多碰到些无聊事,白费工夫!"他将两腿在马肚子上一磕,催它快走,但马却只将后半身一扭,照旧地慢腾腾。

"嫦娥一定生气了,你看今天多么晚。"他想。"说不定要装怎样的脸给我看哩。但幸而有这一只小母鸡,可以引她高兴。我只要说:太太,这是我来回跑了二百里路才找来的。不,不好,这话似乎太逞能。"

他望见人家的灯火已在前面,一高兴便不再想下去了。马也不待鞭策,自然飞奔。圆的雪白的月亮照着前途,凉风吹脸,真是比大猎回来时还有趣。

马自然而然地停在垃圾堆边;羿一看,仿佛觉得异样,不知怎地似乎家里乱毵毵。迎出来的也只有一个赵富。

"怎的?王升呢?"他奇怪地问。

"王升到姚家找太太去了。"

"什么?太太到姚家去了么?"羿还呆坐在马上,问。

"喳……。"他一面答应着,一面去接马缰和马鞭。

羿这才爬下马来,跨进门,想了一想,又回过头去问道——

"不是等不迭了,自己上饭馆去了么?"

"喳。三个饭馆,小的都去问过了,没有在。"

羿低了头,想着,往里面走,三个使女都惶惑地聚在堂前。他便很诧异,大声的问道——

"你们都在家么?姚家,太太一个人不是向来不去的么?"

她们不回答,只看看他的脸,便来给他解下弓袋和箭壶和装着小母鸡的网兜。羿忽然心惊肉跳起来,觉得嫦娥是因为气忿寻了短见了,便叫女庚去叫赵富来,要他到后园的池里树上去看一遍。但他一跨进房,便知道这推测是不确的了:房里也很乱,衣箱是开着,向床里一看,首先就看出失少了首饰箱。他这时正如头上淋了一盆冷水,金珠自然不算什么,然而那道士送给他的仙药,也就放在这首饰箱里的。

羿转了两个圆圈,才看见王升站在门外面。

"回老爷,"王升说,"太太没有到姚家去;他们今天也不打牌。"

羿看了他一眼,不开口。王升就退出去了。

"老爷叫?……"赵富上来,问。

羿将头一摇,又用手一挥,叫他也退出去。

羿又在房里转了几个圈子,走到堂前,坐下,仰头看着对面壁上的彤弓、彤矢、卢弓、卢矢、弩机、长剑、短剑,想了些时,才问那呆立在下面的使女们道——

"太太是什么时候不见的?"

"掌灯时候就不看见了,"女乙说,"可是谁也没见她走出去。"

"你们可见太太吃了那箱里的药没有?"

"那倒没有见。但她下午要我倒水喝是有的。"

羿急得站了起来,他似乎觉得,自己一个人被留在地上了。

"你们看见有什么向天上飞升的么?"他问。

"哦!"女辛想了一想,大悟似的说,"我点了灯出去的时候,的确看见一个黑影向这边飞去的,但我那时万想不到是太太……。"于是她的脸色苍白了。

"一定是了!"羿在膝上一拍,即刻站起,走出屋外去,回头问着女辛道,"那边?"

女辛用手一指,他跟着看去时,只见那边是一轮雪白的圆月,挂在空中,其中还隐约现出楼台,树木;当他还是孩子时候祖母讲给他听的月宫中的美景,他依稀记得起来了。他对着浮游在碧海里似的月亮,觉得自己的身子非常沉重。

他忽然愤怒了。从愤怒里又发了杀机,圆睁着眼睛,大声向使女们叱咤道——

"拿我的射日弓来!和三枝箭!"

女乙和女庚从堂屋中央取下那强大的弓,拂去尘埃,并三枝长箭都交在他手里。

他一手拈弓,一手捏着三枝箭,都搭上去,拉了一个满弓,正对着月亮。身子是岩石一般挺立着,眼光直射,闪闪如岩下电,须发开张飘动,像黑色火,这一瞬息,使人仿佛想见他当年射日的雄姿。

飕的一声,——只一声,已经连发了三枝箭,刚发便搭,一搭又发,眼睛不及看清那手法,耳朵也不及分别那声音。本来对面是虽然受了三枝箭,应该都聚在一处的,因为箭箭相衔,不差丝发。但他为必中起见,这时却将手微微一动,使箭到时分成三点,有三个伤。

使女们发一声喊,大家都看见月亮只一抖,以为要掉下来了,——但却还是安然地悬着,发出和悦的更大的光辉,似乎毫无伤损。

"咄!"羿仰天大喝一声,看了片刻;然而月亮不理他。他前进三步,月亮便退了三步;他退三步,月亮却又照数前进了。

他们都默着,各人看各人的脸。

羿懒懒地将射日弓靠在堂门上,走进屋里去。使女们也一齐跟着他。

"唉,"羿坐下,叹一口气,"那么,你们的太太就永远一个人快乐了。她竟忍心撇了我独自飞升?莫非看得我老起来了?但她上月还说:并不算老,若以老人自居,是思想的堕落。"

"这一定不是的。"女乙说,"有人说老爷还是一个战士。"

"有时看去简直好像艺术家。"女辛说。

"放屁!——不过乌老鸦的炸酱面确也不好吃,难怪她忍不住……。"

"那豹皮褥子脱毛的地方,我去剪一点靠墙的脚上的皮来补一补罢,怪不好看的。"女辛就往房里走。

"且慢,"羿说着,想了一想,"那倒不忙。我实在饿极了,还是赶快去做一盘辣子鸡,烙五斤饼来,给我吃了好睡觉。明天再去找那道士要一服仙药,吃了追上去罢。女庚,你去吩咐王升,叫他量四升白豆喂马!"

一九二六年十二月作。

理 水

一

这时候是"汤汤洪水方割,浩浩怀山襄陵";舜爷的百姓,倒并不都挤在露出水面的山顶上,有的捆在树顶,有的坐着木排,有些木排上还搭有小小的板棚,从岸上看起来,很富于诗趣。

远地里的消息,是从木排上传过来的。大家终于知道鲧大人因为治了九整年的水,什么效验也没有,上头龙心震怒,把他充军到羽山去了,接任的好像就是他的儿子文命少爷,乳名叫作阿禹。

灾荒得久了,大学早已解散,连幼稚园也没有地方开,所以百姓们都有些混混沌沌。只在文化山上,还聚集着许多学者,他们的食粮,是都从奇肱国用飞车运来的,因此不怕缺乏,因此也能够研究学问。然而他们里面,大抵是反对禹的,或者简直不相信世界上真有这个禹。

每月一次,照例的半空中要簌簌的发响,愈响愈厉害,飞车看得清楚了,车上插一张旗,画着一个黄圆圈在发毫光。离地五尺,就挂下几只篮子来,别人可不知道里面装的是什么,只听得上下在讲话:

"古貌林!"

"好杜有图!"

"古鲁几哩……"

"O.K!"

飞车向奇肱国疾飞而去,天空中不再留下微声,学者们也静悄悄,这是大家在吃饭。独有山周围的水波,撞着石头,不住的澎湃的在发响。午觉醒来,精神百倍,于是学说也就压倒了涛声了。

"禹来治水,一定不成功,如果他是鲧的儿子的话,"一个拿拄杖的学者说。"我曾经搜集了许多王公大臣和豪富人家的家谱,很下过一番研究工夫,得到一个结论:阔人的子孙都是阔人,坏人的子孙都是坏人——这就叫作'遗传'。所以,鲧不成功,他的儿子禹一定也不会成功,因为愚人是生不出聪明人来的!"

"O.K!"一个不拿拄杖的学者说。

"不过您要想想咱们的太上皇,"别一个不拿拄杖的学者道。

"他先前虽然有些'顽',现在可是改好了。倘是愚人,就永远不会改好……"

"O.K!"

"这这些些都是费话,"又一个学者吃吃的说,立刻把鼻尖胀得通红。"你们是受了谣言的骗的。其实并没有所谓禹,'禹'是一条虫,虫虫会治水的吗?我看鲧也没有的,'鲧'是一条鱼,鱼鱼会治水水水的吗?"他说到这里,把两脚一蹬,显得非常用劲。

"不过鲧却的确是有的,七年以前,我还亲眼看见他到昆仑山脚下去赏梅花的。"

"那么,他的名字弄错了,他大概不叫'鲧',他的名字应该叫'人'!至于禹,那可一定是一条虫,我有许多证据,可以证明他的乌有,叫大家来公评……"

于是他勇猛的站了起来,摸出削刀,刮去了五株大松树皮,用吃剩的面包末屑和水研成浆,调了炭粉,在树身上用很小的蝌蚪文写上抹杀阿禹的考据,足足化掉了三九廿七天工夫。但是凡有要看的人,得拿出十片嫩榆叶,如果住在木排上,就改给一贝壳鲜水苔。

横竖到处都是水,猎也不能打,地也不能种,只要还活着,所有的是闲工夫,来看的人倒也很不少。松树下挨挤了三天,到处都发出叹息的声音,有的是佩服,有的是疲劳。但到第四天的正午,一个乡下人终于说话了,这时那学者正在吃炒面。

"人里面,是有叫作阿禹的,"乡下人说。"况且'禹'也不是虫,这是我们乡下人的简笔字,老爷们都写作'禹',是大猴子……"

"人有叫作大大猴子的吗?……"学者跳起来了,连忙咽下没有嚼烂的一口面,鼻子红到发紫,吆喝道。

"有的呀,连叫阿狗阿猫的也有。"

"鸟头先生,您不要和他去辩论了,"拿拄杖的学者放下面包,拦在中间,说。"乡下人都是愚人。拿你的家谱来,"他又转向乡下人,大声道,"我一定会发现你的上代都是愚人……"

"我就从来没有过家谱……"

"呸,使我的研究不能精密,就是你们这些东西可恶!"

"不过这也用不着家谱,我的学说是不会错的。"鸟头先生更加愤愤的说。"先前,许多学者都写信来赞成我的学说,那些信我都带在这里……"

"不不,那可应该查家谱……"

"但是我竟没有家谱,"那"愚人"说。"现在又是这么的人荒马乱,交通不方便,要等您的朋友们来信赞成,当作证据,真也比螺蛳壳里做道场还难。证据就在眼前:您叫鸟头先生,莫非真的是一个鸟儿的头,并不是人吗?"

"哼!"鸟头先生气忿到连耳轮都发紫了。"你竟这样的侮辱我!说我不是人!我要和你到皋陶大人那里去法律解决!如果我真的不是人,我情愿大辟——就是杀头呀,你懂了没有?要不然,你是应该反坐的。你等着罢,不要动,等我吃完了炒面。"

"先生,"乡下人麻木而平静的回答道。"您是学者,总该知道现在已是午后,别人也要肚子饿的。可恨的是愚人的肚子却和聪明人的一样:也要饿。真是对不起得很,我要捞青苔去了,等您上了呈子之后,我再来投案罢。"于是他跳上木排,拿起网兜,捞着水草,泛泛的远开去了。看客也渐渐的走散,鸟头先生就红着耳轮和鼻尖从新吃炒面,拿拄杖的学者在摇头。

然而"禹"究竟是一条虫,还是一个人呢,却仍然是一个大疑问。

二

禹也真好像是一条虫。

大半年过去了,奇肱国的飞车已经来过八回,读过松树身上的文字的木排居民,十个里面有九个生了脚气病,治水的新官却还没有消息。直到第十回飞车来过之后,这才传来了新闻,说禹是确有这么一个人的,正是鲧的儿子,也确是简放了水利大臣,三年之前,已从冀州启节,不久就要到这里了。

大家略有一点兴奋,但又很淡漠,不大相信,因为这一类不甚可靠的传闻,是谁都听得耳朵起茧了的。

然而这一回却又像消息很可靠,十多天之后,几乎谁都说大臣的确要到了,因为有人出去捞浮草,亲眼看见过官船;他还指着头上一块乌青的疙瘩,说是为了回避得太慢一点了,吃了一下官兵的飞石;这就是大臣确已到来的证据。这人从此就很有名,也很忙碌,大家都争先恐后的来看他头上的疙瘩,几乎把木排踏沉;后来还经学者们召了他去,细心研究,决定了他的疙瘩确是真疙瘩,于是使鸟头先生也不能再执成见,只好把考据学让给别人,自己另去搜集民间的曲子了。

一大阵独木大舟的到来,是在头上打出疙瘩的大约二十多天之后,每只船上,有二十名官兵打桨,三十名官兵持矛,前后都是旗帜;刚靠山顶,绅士们和学者们已在岸上列队恭迎,过了大半天,这才从最大的船里,有两位中年的胖胖的大员出现,约略二十个穿虎皮的武士簇拥着,和迎接的人们一同到最高巅的石屋里去了。

大家在水陆两面,探头探脑的悉心打听,才明白原来那两位只是考察的专员,却并非禹自己。

大员坐在石屋的中央,吃过面包,就开始考察。

"灾情倒并不算重,粮食也还可敷衍,"一位学者们的代表,苗民言语学专家说。"面包是每月会从半空中掉下来的;鱼也不缺,虽然未免有些泥土气,可是很肥,大人。至于那些下民,他们有的是榆叶和海苔,他们'饱食终日,无所用心',——就是并不劳心,原只要吃这些就够。我们也尝过了,味道倒并不坏,特别得很……"

"况且,"别一位研究《神农本草》的学者抢着说,"榆叶里面是含有维他命W的;海苔里有碘质,可医瘰疬病,两样都极合于卫生。"

"O.K!"又一个学者说。大员们瞪了他一眼。

"饮料呢,"那《神农本草》学者接下去道,"他们要多少有多少,一万代也喝不完。可惜含一点黄土,饮用之前,应该蒸馏一下的。敝人指导过许多次了,然而他们冥顽不灵,绝对的不肯照办,于是弄出数不清的病人来……"

"就是洪水,也还不是他们弄出来的吗?"一位五绺长须,身穿酱色长袍的绅士又抢着说。"水还没来的时候,他们懒着不肯填,洪水来了的时候,他们又懒着不肯戽……"

"是之谓失其性灵,"坐在后一排,八字胡子的伏羲朝小品文学家笑道。"吾尝登帕米尔之原,天风浩然,梅花开矣,白云飞矣,金价涨矣,耗子眠矣,见一少年,口衔雪茄,面有蚩尤氏之雾……哈哈哈!没有法子……"

"O.K!"

这样的谈了小半天。大员们都十分用心的听着,临末是叫他们合拟一个公呈,最好还有一种条陈,沥述着善后的方法。

于是大员们下船去了。第二天,说是因为路上劳顿,不办公,也不见客;第三天是学者们公请在最高峰上赏偃盖古松,下半天又同往山背后钓黄鳝,一直玩到黄昏。第四天,说是因为考察劳顿了,不办公,也不见客;第五天的午后,就传见下民的代表。

下民的代表,是四天以前就在开始推举的,然而谁也不肯去,说是一向没有见过官。于是大多数就推定了头有疙瘩的那一个,以为他曾有见过官的经验。已经平复下去的疙瘩,这时忽然针刺似的痛起来了,他就哭着一口咬定:做代表,毋宁死!大家把他围起来,连日连夜的责以大义,说他不顾公益,是利己的个人主义者,将为华夏所不容；激烈点的，还至于捏起拳头，伸在他的鼻子跟前，要他负这回的水灾的责任。他渴睡得要命，心想与其逼死在木排上，还不如冒险去做公益的牺牲，便下了绝大的决心，到第四天，答应了。

大家就都称赞他，但几个勇士，却又有些妒忌。

就是这第五天的早晨，大家一早就把他拖起来，站在岸上听呼唤。果然，大员们呼唤了。他两腿立刻发抖，然而又立刻下了绝大的决心，决心之后，就又打了两个大呵欠，肿着眼眶，自己觉得好像脚不点地，浮在空中似的走到官船上去了。

奇怪得很，持矛的官兵，虎皮的武士，都没有打骂他，一直放进了中舱。舱里铺着熊皮，豹皮，还挂着几副弩箭，摆着许多瓶罐，弄得他眼花缭乱。定神一看，才看见在上面，就是自己的对面，坐着两位胖大的官员。什么相貌，他不敢看清楚。

"你是百姓的代表吗？"大员中的一个问道。

"他们叫我上来的。"他眼睛看着铺在舱底上的豹皮的艾叶一般的花纹，回答说。

"你们怎么样？"

"……"他不懂意思，没有答。

"你们过得还好么？"

"托大人的鸿福，还好……"他又想了一想，低低的说道，"敷敷衍衍……混混……"

"吃的呢？"

"有，叶子呀，水苔呀……"

"都还吃得来吗？"

"吃得来的。我们是什么都弄惯了的，吃得来的。只有些小畜生还要嚷，人心在坏下去哩，妈的，我们就揍他。"

大人们笑起来了，有一个对别一个说道："这家伙倒老实。"

这家伙一听到称赞，非常高兴，胆子也大了，滔滔的讲述道：

"我们总有法子想。比如水苔，顶好是做滑溜翡翠汤，榆叶就做一品当朝羹。剥树皮不可剥光，要留下一道，那么，明年春天树枝梢还是长叶子，有收成。如果托大人的福，钓到了黄鳝……"

然而大人好像不大爱听了，有一位也接连打了两个大呵欠，打断他的讲演道："你们还是合具一个公呈来罢，最好是还带一个贡献善后方法的条陈。"

"我们可是谁也不会写……"他惴惴的说。

"你们不识字吗？这真叫作不求上进！没有法子，把你们吃的东西拣一份来就是！"

他又恐惧又高兴的退了出来，摸一摸疙瘩疤，立刻把大人的吩咐传给岸上，树上和排上的居民，并且大声叮嘱道："这是送到上头去的呵！要做得干净，细致，体面呀！……"

所有居民就同时忙碌起来，洗叶子，切树皮，捞青苔，乱作一团。他自己是锯木版，来做进呈的盒子。有两片磨得特别光，连夜跑到山顶上请学者去写字，一片是做盒子盖的，求写"寿山福海"，一片是给自己的木排上做扁额，以志荣幸的，求写"老实堂"。但学者却只肯写了"寿山福海"的一块。

三

当两位大员回到京都的时候，别的考察员也大抵陆续回来了，只有禹还在外。他们在家里休息了几天，水利局的同事们就在局里大排筵宴，替他们接风，份子分福禄寿三种，最少也得出五十枚大贝壳。这一天真是车水马龙，不到黄昏时候，主客就全都到齐了，院子里却已经点起庭燎来，鼎中的牛肉香，一直透到门外虎贲的鼻子跟前，大家就一齐咽口水。酒过三巡，大员们就讲了一些水乡沿途的风景，芦花似雪，泥水如金，黄鳝膏腴，青苔滑溜……等等。微醺之后，才取出大家采集了来的民食来，都装着细巧的木匣子，盖上写着文字，有的是伏羲八卦体，有的是仓颉鬼哭体，大家就先来赏鉴这些字，争论得几乎打架之后，才决定以写着"国泰民安"的一块为第一，因为不但文字质朴难识，有上古淳厚之风，而且立言也很得体，可以宣付史馆的。

评定了中国特有的艺术之后,文化问题总算告一段落,于是来考察盒子的内容了:大家一致称赞着饼样的精巧。然而大约酒也喝得太多了,便议论纷纷:有的咬一口松皮饼,极口叹赏它的清香,说自己明天就要挂冠归隐,去享这样的清福;咬了柏叶糕的,却道质粗味苦,伤了他的舌头,要这样与下民共患难,可见为君难,为臣亦不易。有几个又扑上去,想抢下他们咬过的糕饼来,说不久就要开展览会募捐,这些都得去陈列,咬得太多是很不雅观的。

局外面也起了一阵喧嚷。一群乞丐似的大汉,面目黧黑,衣服奇旧,竟冲破了断绝交通的界线,闯到局里来了。卫兵们大喝一声,连忙左右交叉了明晃晃的戈,挡住他们的去路。

"什么?——看明白!"当头是一条瘦长的莽汉,粗手粗脚的,怔了一下,大声说。

卫兵们在昏黄中定睛一看,就恭恭敬敬的立正,举戈,放他们进去了,只拦住了气喘吁吁的从后面追来的一个身穿深蓝土布袍子,手抱孩子的妇女。

"怎么?你们不认识我了吗?"她用拳头揩着额上的汗,诧异的问。

"禹太太,我们怎会不认识您家呢?"

"那么,为什么不放我进去的?"

"禹太太,这个年头儿,不大好,从今年起,要端风俗而正人心,男女有别了。现在那一个衙门里也不放娘儿们进去,不但这里,不但您。这是上头的命令,怪不着我们的。"

禹太太呆了一会,就把双眉一扬,一面回转身,一面嚷叫道:

"这杀千刀的!奔什么丧!走过自家的门口,看也不进来看一下,就奔你的丧!做官做官,做官有什么好处,仔细像你的老子,做到充军,还掉在池子里变大忘八!这没良心的杀千刀!……"

这时候,局里的大厅上也早发生了扰乱。大家一望见一群莽汉们奔来,纷纷都想躲避,但看不见耀眼的兵器,就又硬着头皮,定睛去看。奔来的也临近了,头一个虽然面貌黑瘦,但从神情上,也就认识他正是禹;其余的自然是他的随员。

这一吓,把大家的酒意都吓退了,沙沙的一阵衣裳声,立刻都退在下面。禹便一径跨到席上,在上面坐下,大约是大模大样,或者生了鹤膝风罢,并不屈膝而坐,却伸开了两脚,把大脚底对着大员们,又不穿袜子,满脚底都是栗子一般的老茧。随员们就分坐在他的左右。

"大人是今天回京的?"一位大胆的属员,膝行而前了一点,恭敬的问。

"你们坐近一点来!"禹不答他的询问,只对大家说。"查的怎么样?"

大员们一面膝行而前,一面面面相觑,列坐在残筵的下面,看见咬过的松皮饼和啃光的牛骨头。非常不自在——却又不敢叫膳夫来收去。

"禀大人,"一位大员终于说。"倒还像个样子——印象甚佳。松皮水草,出产不少;饮料呢,那可丰富得很。百姓都很老实,他们是过惯了的。禀大人,他们都是以善于吃苦,驰名世界的人们。"

"卑职可是已经拟好了募捐的计划,"又一位大员说。"准备开一个奇异食品展览会,另请女隗小姐来做时装表演。只卖票,并且声明会里不再募捐,那么,来看的可以多一点。"

"这很好。"禹说着,向他弯一弯腰。

"不过第一要紧的是赶快派一批大木筏去,把学者们接上高原来。"第三位大员说,"一面派人去通知奇肱国,使他们知道我们的尊崇文化,接济也只要每月送到这边来就好。学者们有一个公呈在这里,说的倒也很有意思,他们以为文化是一国的命脉,学者是文化的灵魂,只要文化存在,华夏也就存在,别的一切,倒还在其次……"

"他们以为华夏的人口太多了,"第一位大员道,"减少一些倒也是致太平之道。况且那些不过是愚民,那喜怒哀乐,也决没有智者所推想的那么精微的。知人论事,第一要凭主观。例如莎士比亚……"

"放他妈的屁!"禹心里想,但嘴上却大声的说道:"我经过查考,知道先前的方法:'湮',确是错误了。以后应该用'导'!不知道诸位的意见怎么样?"

静得好像坟山;大员们的脸上也显出死色,许多人还觉得自己生了病,明天恐怕要请病假了。

"这是蚩尤的法子!"一个勇敢的青年官员悄悄的愤激着。

"卑职的愚见,窃以为大人是似乎应该收回成命的。"一位白须白发的大员,这时觉得天下兴亡,系在他的嘴上了,便把心一横,置死生于度外,坚决的抗议道:"湮是老大人的成法。'三年无改于父之道,可谓孝矣。'——老大人升天还不到三年。"

禹一声也不响。

"况且老大人化过多少心力呢。借了上帝的息壤,来湮洪水,虽然触了上帝的恼怒,洪水的深度可也浅了一点了。这似乎还是照例的治下去。"另一位花白须发的大员说,他是禹的母舅的干儿子。

禹一声也不响。

"我看大人还不如'幹父之蛊',"一位胖大官员看得禹不作声,以为他就要折服了,便带些轻薄的大声说,不过脸上还流出着一层油汗。"照着家法,挽回家声。大人大约未必知道人们在怎么讲说老大人罢……"

"要而言之,'湮'是世界上已有定评的好法子,"白须发的老官恐怕胖子闹出岔子来,就抢着说道。"别的种种,所谓'摩登'者也,昔者蚩尤氏就坏在这一点上。"

禹微微一笑:"我知道的。有人说我的爸爸变了黄熊,也有人说他变了三足鳖,也有人说我在求名,图利。说就是了。我要说的是我查了山泽的情形,征了百姓的意见,已经看透实情,打定主意,无论如何,非'导'不可!这些同事,也都和我同意的。"

他举手向两旁一指。白须发的,花须发的,小白脸的,胖而流着油汗的,胖而不流油汗的官员们,跟着他的指头看过去,只见一排黑瘦的乞丐似的东西,不动,不言,不笑,像铁铸的一样。

四

禹爷走后,时光也过得真快,不知不觉间,京师的景况日见其繁盛了。首先是阔人们有些穿了茧绸袍,后来就看见大水果铺里卖着橘子和柚子,大绸缎店里挂着华丝葛;富翁的筵席上有了好酱油,清炖鱼翅,凉拌海参;再后来他们竟有熊皮褥子狐皮褂,那太太也戴上赤金耳环银手镯了。

只要站在大门口,也总有什么新鲜的物事看:今天来一车竹箭,明天来一批松板,有时抬过了做假山的怪石,有时提过了做鱼生的鲜鱼;有时是一大群一尺二寸长的大乌龟,都缩了头装着竹笼,载在车子上,拉向皇城那面去。

"妈妈,你瞧呀,好大的乌龟!"孩子们一看见,就嚷起来,跑上去,围住了车子。

"小鬼,快滚开!这是万岁爷的宝贝,当心杀头!"

然而关于禹爷的新闻,也和珍宝的入京一同多起来了。百姓的檐前,路旁的树下,大家都在谈他的故事;最多的是他怎样夜里化为黄熊,用嘴和爪子,一拱一拱的疏通了九河,以及怎样请了天兵天将,捉住兴风作浪的妖怪无支祁,镇在龟山的脚下。皇上舜爷的事情,可是谁也不再提起了,至多,也不过谈谈丹朱太子的没出息。

禹要回京的消息,原已传布得很久了,每天总有一群人站在关口,看可有他的仪仗的到来。并没有。然而消息却愈传愈紧,也好像愈真。一个半阴半晴的上午,他终于在百姓们的万头攒动之间,进了冀州的帝都了。前面并没有仪仗,不过一大批乞丐似的随员。临末是一个粗手粗脚的大汉,黑脸黄须,腿弯微曲,双手捧着一片乌黑的尖顶的大石头——舜爷所赐的"玄圭",连声说道"借光,借光,让一让,让一让,"从人丛中挤进皇宫里去了。

百姓们就在宫门外欢呼,议论,声音正好像浙水的涛声一样。

舜爷坐在龙位上,原已有了年纪,不免觉得疲劳,这时又似乎有些惊骇。禹一到,就连忙客气的站起来,行过礼,皋陶先去应酬了几句，舜才说道：

"你也讲几句好话我听呀。"

"哼，我有什么说呢？"禹简截的回答道。"我就是想，每天孳孳！"

"什么叫作'孳孳'？"皋陶问。

"洪水滔天，"禹说，"浩浩怀山襄陵，下民都浸在水里。我走旱路坐车，走水路坐船，走泥路坐橇，走山路坐轿。到一座山，砍一通树，和益俩给大家有饭吃，有肉吃。放田水入川，放川水入海，和稷俩给大家有难得的东西吃。东西不够，就调有余，补不足。搬家。大家这才静下来了，各地方成了个样子。"

"对啦对啦，这些话可真好！"皋陶称赞道。

"唉！"禹说。"做皇帝要小心，安静。对天有良心，天才会仍旧给你好处！"

舜爷叹一口气，就托他管理国家大事，有意见当面讲，不要背后说坏话。看见禹都答应了，又叹一口气，道："莫像丹朱的不听话，只喜欢游荡，旱地上要撑船，在家里又捣乱，弄得过不了日子，这我可真看的不顺眼！"

"我讨过老婆，四天就走，"禹回答说。"生了阿启，也不当他儿子看。所以能够治了水，分作五圈，简直有五千里，计十二州，直到海边，立了五个头领，都很好。只是有苗可不行，你得留心点！"

"我的天下，真是全仗的你的功劳弄好的！"舜爷也称赞道。

于是皋陶也和舜爷一同肃然起敬，低了头；退朝之后，他就赶紧下一道特别的命令，叫百姓都要学禹的行为，倘不然，立刻就算是犯了罪。

这使商家首先起了大恐慌。但幸而禹爷自从回京以后，态度也改变一点了：吃喝不考究，但做起祭祀和法事来，是阔绰的；衣服很随便，但上朝和拜客时候的穿着，是要漂亮的。所以市面仍旧不很受影响，不多久，商人们就又说禹爷的行为真该学，皋爷的新法令也很不错；终于太平到连百兽都会跳舞，凤凰也飞来凑热闹了。

一九三五年十一月作。

采　薇

一

　　这半年来，不知怎的连养老堂里也不大平静了，一部分的老头子，也都交头接耳，跑进跑出的很起劲。只有伯夷最不留心闲事，秋凉到了，他又老的很怕冷，就整天的坐在阶沿上晒太阳，纵使听到匆忙的脚步声，也决不抬起头来看。

　　"大哥！"

　　一听声音自然就知道是叔齐。伯夷是向来最讲礼让的，便在抬头之前，先站起身，把手一摆，意思是请兄弟在阶沿上坐下。

　　"大哥，时局好像不大好！"叔齐一面并排坐下去，一面气喘吁吁的说，声音有些发抖。

　　"怎么了呀？"伯夷这才转过脸去看，只见叔齐的原是苍白的脸色，好像更加苍白了。

　　"您听到过从商王那里，逃来两个瞎子的事了罢。"

　　"唔，前几天，散宜生好像提起过。我没有留心。"

　　"我今天去拜访过了。一个是太师疵，一个是少师强，还带来许多乐器。听说前几时还开过一个展览会，参观者都'啧啧称美'，——不过好像这边就要动兵了。"

　　"为了乐器动兵，是不合先王之道的。"伯夷慢吞吞的说。

　　"也不单为了乐器。您不早听到过商王无道，斫早上渡河不怕水冷的人的脚骨，看看他的骨髓，挖出比干王爷的心来，看它可有七窍吗？先前还是传闻，瞎子一到，可就证实了。况且还切切实实的证明了商王的变乱旧章。变乱旧章，原是应该征伐的。不过我想，以下犯上，究竟也不合先王之道……"

"近来的烙饼,一天一天的小下去了,看来确也像要出事情,"伯夷想了一想,说。"但我看你还是少出门,少说话,仍旧每天练你的太极拳的好!"

"是……"叔齐是很悻的,应了半声。

"你想想看,"伯夷知道他心里其实并不服气,便接着说。"我们是客人,因为西伯肯养老,呆在这里的。烙饼小下去了,固然不该说什么,就是事情闹起来了,也不该说什么的。"

"那么,我们可就成了为养老而养老了。"

"最好是少说话。我也没有力气来听这些事。"

伯夷咳了起来,叔齐也不再开口。咳嗽一止,万籁寂然,秋末的夕阳,照着两部白胡子,都在闪闪的发亮。

二

然而这不平静,却总是滋长起来,烙饼不但小下去,粉也粗起来了。养老堂的人们更加交头接耳,外面只听得车马行走声,叔齐更加喜欢出门,虽然回来也不说什么话,但那不安的神色,却惹得伯夷也很难闲适了:他似乎觉得这碗平稳饭快要吃不稳。

十一月下旬,叔齐照例一早起了床,要练太极拳,但他走到院子里,听了一听,却开开堂门,跑出去了。约摸有烙十张饼的时候,这才气急败坏的跑回来,鼻子冻得通红,嘴里一阵一阵的喷着白蒸气。

"大哥!你起来!出兵了!"他恭敬的垂手站在伯夷的床前,大声说,声音有些比平常粗。

伯夷怕冷,很不愿意这么早就起身,但他是非常友爱的,看见兄弟着急,只好把牙齿一咬,坐了起来,披上皮袍,在被窝里慢吞吞的穿裤子。

"我刚要练拳,"叔齐等着,一面说。"却听得外面有人马走动,连忙跑到大路上去看时——果然,来了。首先是一乘白彩的大轿,总该有八十一人抬着罢,里面一座木主,写的是'大周文王之灵位';后面跟的都是兵。我想:这一定是要去伐纣了。现在的周王是孝子,他要做大事,一定是把文王抬在前面的。看了一会,我就跑回来,不料我们养老堂的墙外就贴着告示……"

伯夷的衣服穿好了,弟兄俩走出屋子,就觉得一阵冷气,赶紧缩紧了身子。伯夷向来不大走动,一出大门,很看得有些新鲜。不几步,叔齐就伸手向墙上一指,可真的贴着一张大告示:

"照得今殷王纣,乃用其妇人之言,自绝于天,毁坏其三正,离逷其王父母弟。乃断弃其先祖之乐;乃为淫声,用变乱正声,怡说妇人。故今予发,维共行天罚。勉哉夫子,不可再,不可三!此示。"

两人看完之后,都不作声,径向大路走去。只见路边都挤满了民众,站得水泄不通。两人在后面说一声"借光",民众回头一看,见是两位白须老者,便照文王敬老的上谕,赶忙闪开,让他们走到前面。这时打头的木主早已望不见了,走过去的都是一排一排的甲士,约有烙三百五十二张大饼的工夫,这才见别有许多兵丁,肩着九旒云罕旗,仿佛五色云一样。接着又是甲士,后面一大队骑着高头大马的文武官员,簇拥着一位王爷,紫糖色脸,络腮胡子,左捏黄斧头,右拿白牛尾,威风凛凛:这正是"恭行天罚"的周王发。

大路两旁的民众,个个肃然起敬,没有人动一下,没有人响一声。在百静中,不提防叔齐却拖着伯夷直扑上去,钻过几个马头,拉住了周王的马嚼子,直着脖子嚷起来道:

"老子死了不葬,倒来动兵,说得上'孝'吗?臣子想要杀主子,说得上'仁'吗?……"

开初,是路旁的民众,驾前的武将,都吓得呆了;连周王手里的白牛尾巴也歪了过去。但叔齐刚说了四句话,却就听得一片哗啷声响,有好几把大刀从他们的头上砍下来。

"且住!"

谁都知道这是姜太公的声音,岂敢不听,便连忙停了刀,看着这也是白须白发,然而胖得圆圆的脸。

"义士呢。放他们去罢!"

武将们立刻把刀收回,插在腰带上。一面是走上四个甲士来,恭敬的向伯夷和叔齐立正,举手,之后就两个挟一个,开正步向路旁走过去。民众们也赶紧让开道,放他们走到自己的背后去。

到得背后，甲士们便又恭敬的立正，放了手，用力在他们俩的脊梁上一推。两人只叫得一声"阿呀"，跄跄踉踉的颠了周尺一丈路远近，这才扑通的倒在地面上。叔齐还好，用手支着，只印了一脸泥；伯夷究竟比较的有了年纪，脑袋又恰巧磕在石头上，便晕过去了。

三

大军过去之后，什么也不再望得见，大家便换了方向，把躺着的伯夷和坐着的叔齐围起来。有几个是认识他们的，当场告诉人们，说这原是辽西的孤竹君的两位世子，因为让位，这才一同逃到这里，进了先王所设的养老堂。这报告引得众人连声赞叹，几个人便蹲下身子，歪着头去看叔齐的脸，几个人回家去烧姜汤，几个人去通知养老堂，叫他们快抬门板来接了。

大约过了烙好一百零三四张大饼的工夫，现状并无变化，看客也渐渐的走散；又好久，才有两个老头子抬着一扇门板，一拐一拐的走来，板上面还铺着一层稻草：这还是文王定下来的敬老的老规矩。板在地上一放，哐咙一声，震得伯夷突然张开了眼睛：他苏醒了。叔齐惊喜的发一声喊，帮那两个人一同轻轻的把伯夷扛上门板，抬向养老堂里去；自己是在旁边跟定，扶住了挂着门板的麻绳。

走了六七十步路，听得远远地有人在叫喊：

"您哪！等一下！姜汤来哩！"望去是一位年青的太太，手里端着一个瓦罐子，向这面跑来了，大约怕姜汤泼出罢，她跑得不很快。

大家只得停住，等候她的到来。叔齐谢了她的好意。她看见伯夷已经自己醒来了，似乎很有些失望，但想了一想，就劝他仍旧喝下去，可以暖暖胃。然而伯夷怕辣，一定不肯喝。

"这怎么办好呢？还是八年陈的老姜熬的呀。别人家还拿不出这样的东西来呢。我们的家里又没有爱吃辣的人……"她显然有点不高兴。

叔齐只得接了瓦罐，做好做歹的硬劝伯夷喝了一口半，余下的还很多，便说自己也正在胃气痛，统统喝掉了。眼圈通红的，恭敬的夸赞了姜汤的力量，谢了那太太的好意之后，这才解决了这一场大纠纷。

他们回到养老堂里，倒也并没有什么余病，到第三天，伯夷就能够起床了，虽然前额上肿着一大块——然而胃口坏。

官民们都不肯给他们超然，时时送来些搅扰他们的消息，或者是官报，或者是新闻。十二月底，就听说大军已经渡了盟津，诸侯无一不到。不久也送了武王的《太誓》的钞本来。这是特别钞给养老堂看的，怕他们眼睛花，每个字都写得有核桃一般大。不过伯夷还是懒得看，只听叔齐朗诵了一遍，别的倒也并没有什么，但是"自弃其先祖肆祀不答，昏弃其家国……"这几句，断章取义，却好像很伤了自己的心。

传说也不少：有的说，周师到了牧野，和纣王的兵大战，杀得他们尸横遍野，血流成河，连木棍也浮起来，仿佛水上的草梗一样；有的却道纣王的兵虽然有七十万，其实并没有战，一望见姜太公带着大军前来，便回转身，反替武王开路了。

这两种传说，固然略有些不同，但打了胜仗，却似乎确实的。此后又时时听到运来了鹿台的宝贝，巨桥的白米，就更加证明了得胜的确实。伤兵也陆陆续续的回来了，又好像还是打过大仗似的。凡是能够勉强走动的伤兵，大抵在茶馆，酒店，理发铺，以及人家的檐前或门口闲坐，讲述战争的故事，无论那里，总有一群人眉飞色舞的在听他。春天到了，露天下也不再觉得怎么凉，往往到夜里还讲得很起劲。

伯夷和叔齐都消化不良，每顿总是吃不完应得的烙饼；睡觉还照先前一样，天一暗就上床，然而总是睡不着。伯夷只在翻来覆去，叔齐听了，又烦躁，又心酸，这时候，他常是重行起来，穿好衣服，到院子里去走走，或者练一套太极拳。

有一夜，是有星无月的夜。大家都睡得静静的了，门口却还有人在谈天。叔齐是向来不偷听人家谈话的，这一回可不知怎的，竟停了脚步，同时也侧着耳朵。

"妈的纣王，一败，就奔上鹿台去了，"说话的大约是回来的伤兵。"妈的，他堆好宝贝，自己坐在中央，就点起火来。"

"阿唷，这可多么可惜呀！"这分明是管门人的声音。

"不慌！只烧死了自己，宝贝可没有烧哩。咱们大王就带着诸侯，进了商国。他们的百姓都在郊外迎接，大王叫大人们招呼他们道：'纳福呀！'他们就都磕头。一直进去，但见门上都贴着两个大字道：'顺民'。大王的车子一径走向鹿台，找到纣王自寻短见的处所，射了三箭……"

"为什么呀？怕他没有死吗？"别一人问道。

"谁知道呢。可是射了三箭，又拔出轻剑来，一砍，这才拿了黄斧头，嚓！砍下他的脑袋来，挂在大白旗上。"

叔齐吃了一惊。

"之后就去找纣王的两个小老婆。哼，早已统统吊死了。大王就又射了三箭，拔出剑来，一砍，这才拿了黑斧头，割下她们的脑袋，挂在小白旗上。这么一来……"

"那两个姨太太真的漂亮吗？"管门人打断了他的话。

"知不清。旗杆子高，看的人又多，我那时金创还很疼，没有挤近去看。"

"他们说那一个叫作妲己的是狐狸精，只有两只脚变不成人样，便用布条子裹起来：真的？"

"谁知道呢。我也没有看见她的脚。可是那边的娘儿们却真有许多把脚弄得好像猪蹄子的。"

叔齐是正经人，一听到他们从皇帝的头，谈到女人的脚上去了，便双眉一皱，连忙掩住耳朵，返身跑进房里去。伯夷也还没有睡着，轻轻的问道：

"你又去练拳了么？"

叔齐不回答，慢慢的走过去，坐在伯夷的床沿上，弯下腰，告诉了他刚才听来的一些话。这之后，两人都沉默了许多时，终于是叔齐很困难的叹一口气，悄悄的说道：

"不料竟全改了文王的规矩……你瞧罢，不但不孝，也不仁……这样看来，这里的饭是吃不得了。"

"那么，怎么好呢？"伯夷问。

"我看还是走……"

于是两人商量了几句，就决定明天一早离开这养老堂，不再吃周家的大饼；东西是什么也不带。兄弟俩一同走到华山去，吃些野果和树叶来送自己的残年。况且"天道无亲,常与善人",或者竟会有苍术和茯苓之类也说不定。

打定主意之后,心地倒十分轻松了。叔齐重复解衣躺下,不多久,就听到伯夷讲梦话;自己也觉得很有兴致,而且仿佛闻到茯苓的清香,接着也就在这茯苓的清香中,沉沉睡去了。

四

第二天,兄弟俩都比平常醒得早,梳洗完毕,毫不带什么东西,其实也并无东西可带,只有一件老羊皮长袍舍不得,仍旧穿在身上,拿了拄杖,和留下的烙饼,推称散步,一径走出养老堂的大门;心里想,从此要长别了,便似乎还不免有些留恋似的,回过头来看了几眼。

街道上行人还不多;所遇见的不过是睡眼惺忪的女人,在井边打水。将近郊外,太阳已经高升,走路的也多起来了,虽然大抵昂着头,得意洋洋的,但一看见他们,却还是照例的让路。树木也多起来了,不知名的落叶树上,已经吐着新芽,一望好像灰绿的轻烟,其间夹着松柏,在蒙眬中仍然显得很苍翠。

满眼是阔大,自由,好看,伯夷和叔齐觉得仿佛年青起来,脚步轻松,心里也很舒畅了。

到第二天的午后,迎面遇见了几条岔路,他们决不定走那一条路近,便拣了一个对面走来的老头子,很和气的去问他。

"阿呀,可惜,"那老头子说。"您要是早一点,跟先前过去的那队马跑就好了。现在可只得先走这条路。前面岔路还多,再问罢。"

叔齐就记得了正午时分,他们的确遇见过几个废兵,赶着一大批老马,瘦马,跛脚马,癞皮马,从背后冲上来,几乎把他们踏死,这时就趁便问那老人,这些马是赶去做什么的。

"您还不知道吗?"那人答道。"我们大王已经'恭行天罚',用不着再来兴师动众,所以把马放到华山脚下去的。这就是'归马于华山之阳'呀,您懂了没有?我们还在'放牛于桃林之野'哩!吓,这回可真是大家要吃太平饭了。"

然而这竟是兜头一桶冷水,使两个人同时打了一个寒噤,但仍然不动声色,谢过老人,向着他所指示的路前行。无奈这"归马于华山之阳",竟踏坏了他们的梦境,使两个人的心里,从此都有些七上八下起来。

心里忐忑,嘴里不说,仍是走,到得傍晚,临近了一座并不很高的黄土冈,上面有一些树林,几间土屋,他们便在途中议定,到这里去借宿。

离土冈脚还有十几步,林子里便窜出五个彪形大汉来,头包白布,身穿破衣,为首的拿一把大刀,另外四个都是木棍。一到冈下,便一字排开,拦住去路,一同恭敬的点头,大声吆喝道:

"老先生,您好哇!"

他们俩都吓得倒退了几步,伯夷竟发起抖来,还是叔齐能干,索性走上前,问他们是什么人,有什么事。

"小人就是华山大王小穷奇,"那拿刀的说,"带了兄弟们在这里,要请您老赏一点买路钱!"

"我们那里有钱呢,大王。"叔齐很客气的说。"我们是从养老堂里出来的。"

"阿呀!"小穷奇吃了一惊,立刻肃然起敬,"那么,您两位一定是'天下之大老也'了。小人们也遵先王遗教,非常敬老,所以要请您老留下一点纪念品……"他看见叔齐没有回答,便将大刀一挥,提高了声音道:"如果您老还要谦让,那可小人们只好恭行天搜,瞻仰一下您老的贵体了!"

伯夷叔齐立刻擎起了两只手;一个拿木棍的就来解开他们的皮袍,棉袄,小衫,细细搜检了一遍。

"两个穷光蛋,真的什么也没有!"他满脸显出失望的颜色,转过头去,对小穷奇说。

小穷奇看出了伯夷在发抖,便上前去,恭敬的拍拍他肩膀,说道:

"老先生,请您不要怕。海派会'剥猪猡',我们是文明人,不干这玩意儿的。什么纪念品也没有,只好算我们自己晦气。现在您只要滚您的蛋就是了!"

伯夷没有话好回答,连衣服也来不及穿好,和叔齐迈开大步,

眼看着地,向前便跑。这时五个人都已经站在旁边,让出路来了。看见他们在面前走过,便恭敬的垂下双手,同声问道:

"您走了?您不喝茶了么?"

"不喝了,不喝了……"伯夷和叔齐且走且说,一面不住的点着头。

五

"归马于华山之阳"和华山大王小穷奇,都使两位义士对华山害怕,于是从新商量,转身向北,讨着饭,晓行夜宿,终于到了首阳山。

这确是一座好山。既不高,又不深,没有大树林,不愁虎狼,也不必防强盗:是理想的幽栖之所。两人到山脚下一看,只见新叶嫩碧,土地金黄,野草里开着些红红白白的小花,真是连看看也赏心悦目。他们就满心高兴,用拄杖点着山径,一步一步的挨上去,找到上面突出一片石头,好像岩洞的处所,坐了下来,一面擦着汗,一面喘着气。

这时候,太阳已经西沉,倦鸟归林,啾啾唧唧的叫着,没有上山时候那么清静了,但他们倒觉得也还新鲜,有趣。在铺好羊皮袍,准备就睡之前,叔齐取出两个大饭团,和伯夷吃了一饱。这是沿路讨来的残饭,因为两人曾经议定,"不食周粟",只好进了首阳山之后开始实行,所以当晚把它吃完,从明天起,就要坚守主义,绝不通融了。

他们一早就被乌老鸦闹醒,后来重又睡去,醒来却已是上午时分。伯夷说腰痛腿酸,简直站不起;叔齐只得独自去走走,看可有可吃的东西。他走了一些时,竟发见这山的不高不深,没有虎狼盗贼,固然是其所长,然而因此也有了缺点:下面就是首阳村,所以不但常有砍柴的老人或女人,并且有进来玩耍的孩子,可吃的野果子之类,一颗也找不出,大约早被他们摘去了。

他自然就想到茯苓。但山上虽然有松树,却不是古松,都好像根上未必有茯苓;即使有,自己也不带锄头,没有法子想。接着又想到苍术,然而他只见过苍术的根,毫不知道那叶子的形状,又不能把满山的草都拔起来看一看,即使苍术生在眼前,也不能认识。

心里一暴躁,满脸发热,就乱抓了一通头皮。

但是他立刻平静了,似乎有了主意,接着就走到松树旁边,摘了一衣兜的松针,又往溪边寻了两块石头,砸下松针外面的青皮,洗过,又细细的砸得好像面饼,另寻一片很薄的石片,拿着回到石洞去了。

"三弟,有什么捞儿没有?我是肚子饿的咕噜咕噜响了好半天了。"伯夷一望见他,就问。

"大哥,什么也没有。试试这玩意儿罢。"

他就近拾了两块石头,支起石片来,放上松针面,聚些枯枝,在下面生了火。实在是许多工夫,才听得湿的松针面有些吱吱作响,可也发出一点清香,引得他们俩咽口水。叔齐高兴得微笑起来了,这是姜太公做八十五岁生日的时候,他去拜寿,在寿筵上听来的方法。

发香之后,就发泡,眼见它渐渐的干下去,正是一块糕。叔齐用皮袍袖子裹着手,把石片笑嘻嘻的端到伯夷的面前。伯夷一面吹,一面拗,终于拗下一角来,连忙塞进嘴里去。

他愈嚼,就愈皱眉,直着脖子咽了几咽,倒哇的一声吐出来了,诉苦似的看着叔齐道:

"苦……粗……"

这时候,叔齐真好像落在深潭里,什么希望也没有了。抖抖的也拗了一角,咀嚼起来,可真也毫没有可吃的样子:苦……粗……

叔齐一下子失了锐气,坐倒了,垂了头。然而还在想,挣扎的想,仿佛是在爬出一个深潭去。爬着爬着,只向前。终于似乎自己变了孩子,还是孤竹君的世子,坐在保姆的膝上了。这保姆是乡下人,在和他讲故事:黄帝打蚩尤,大禹捉无支祁,还有乡下人荒年吃薇菜。

他又记得了自己问过薇菜的样子,而且山上正见过这东西。他忽然觉得有了气力,立刻站起身,跨进草丛,一路寻过去。

果然,这东西倒不算少,走不到一里路,就摘了半衣兜。

他还是在溪水里洗了一洗,这才拿回来;还是用那烙过松针面的石片,来烤薇菜。叶子变成暗绿,熟了。但这回再不敢先去敬他的大哥了,撮起一株来,放在自己的嘴里,闭着眼睛,只是嚼。

"怎么样?"伯夷焦急的问。

"鲜的!"

两人就笑嘻嘻的来尝烤薇菜;伯夷多吃了两撮,因为他是大哥。

他们从此天天采薇菜。先前是叔齐一个人去采,伯夷煮;后来伯夷觉得身体健壮了一些,也出去采了。做法也多起来:薇汤,薇羹,薇酱,清炖薇,原汤焖薇芽,生晒嫩薇叶……

然而近地的薇菜,却渐渐的采完,虽然留着根,一时也很难生长,每天非走远路不可了。搬了几回家,后来还是一样的结果。而且新住处也逐渐的难找了起来,因为既要薇菜多,又要溪水近,这样的便当之处,在首阳山上实在也不可多得的。叔齐怕伯夷年纪太大了,一不小心会中风,便竭力劝他安坐在家里,仍旧单是担任煮,让自己独自去采薇。

伯夷逊让了一番之后,倒也应允了,从此就较为安闲自在,然而首阳山上是有人迹的,他没事做,脾气又有些改变,从沉默成了多话,便不免和孩子去搭讪,和樵夫去扳谈。也许是因为一时高兴,或者有人叫他老乞丐的缘故罢,他竟说出了他们俩原是辽西的孤竹君的儿子,他老大,那一个是老三。父亲在日原是说要传位给老三的,一到死后,老三却一定向他让。他遵父命,省得麻烦,逃走了。不料老三也逃走了。两人在路上遇见,便一同来找西伯——文王,进了养老堂。又不料现在的周王竟"以臣弑君"起来,所以只好不食周粟,逃上首阳山,吃野菜活命……等到叔齐知道,怪他多嘴的时候,已经传播开去,没法挽救了。但也不敢怎么埋怨他;只在心里想:父亲不肯把位传给他,可也不能不说很有些眼力。

叔齐的预料也并不错:这结果坏得很,不但村里时常讲到他们的事,也常有特地上山来看他们的人。有的当他们名人,有的当他们怪物,有的当他们古董。甚至于跟着看怎样采,围着看怎样吃,指手画脚,问长问短,令人头昏。而且对付还须谦虚,倘使略不小心,皱一皱眉,就难免有人说是"发脾气"。

不过舆论还是好的方面多。后来连小姐太太,也有几个人来看了,回家去都摇头,说是"不好看",上了一个大当。

终于还引动了首阳村的第一等高人小丙君。他原是妲己的舅公的干女婿,做着祭酒,因为知道天命有归,便带着五十车行李和八百个奴婢,来投明主了。可惜已在会师盟津的前几天,兵马事忙,来不及好好的安插,便留下他四十车货物和七百五十个奴婢,另外给予两顷首阳山下的肥田,叫他在村里研究八卦学。他也喜欢弄文学,村中都是文盲,不懂得文学概论,气闷已久,便叫家丁打轿,找那两个老头子,谈谈文学去了;尤其是诗歌,因为他也是诗人,已经做好一本诗集子。

然而谈过之后,他一上轿就摇头,回了家,竟至于很有些气愤。他以为那两个家伙是谈不来诗歌的。第一、是穷:谋生之不暇,怎么做得出好诗?第二、是"有所为",失了诗的"敦厚";第三、是有议论,失了诗的"温柔"。尤其可议的是他们的品格,通体都是矛盾。于是他大义凛然的斩钉截铁的说道:

"'普天之下,莫非王土',难道他们在吃的薇,不是我们圣上的吗!"

这时候,伯夷和叔齐也在一天一天的瘦下去了。这并非为了忙于应酬,因为参观者倒在逐渐的减少。所苦的是薇菜也已经逐渐的减少,每天要找一捧,总得费许多力,走许多路。

然而祸不单行。掉在井里面的时候,上面偏又来了一块大石头。

有一天,他们俩正在吃烤薇菜,不容易找,所以这午餐已在下午了。忽然走来了一个二十来岁的女人,先前是没有见过的,看她模样,好像是阔人家里的婢女。

"您吃饭吗?"她问。

叔齐仰起脸来,连忙陪笑,点点头。

"这是什么玩意儿呀?"她又问。

"薇。"伯夷说。

"怎么吃着这样的玩意儿的呀?"

"因为我们是不食周粟……"

伯夷刚刚说出口,叔齐赶紧使一个眼色,但那女人好像聪明得很,已经懂得了。她冷笑了一下,于是大义凛然的斩钉截铁的说道:

"'普天之下,莫非王土',你们在吃的薇,难道不是我们圣上的吗!"

伯夷和叔齐听得清清楚楚,到了末一句,就好像一个大霹雳,震得他们发昏；待到清醒过来，那丫头已经不见了。薇，自然是不吃，也吃不下去了，而且连看看也害羞，连要去搬开它，也抬不起手来，觉得仿佛有好几百斤重。

六

樵夫偶然发见了伯夷和叔齐都缩做一团，死在山背后的石洞里，是大约这之后的二十天。并没有烂，虽然因为瘦，但也可见死的并不久；老羊皮袍却没有垫着，不知道弄到哪里去了。这消息一传到村子里，又哄动了一大批来看的人，来来往往，一直闹到夜。结果是有几个多事的人，就地用黄土把他们埋起来，还商量立一块石碑，刻上几个字，给后来好做古迹。

然而合村里没有人能写字，只好去求小丙君。

然而小丙君不肯写。

"他们不配我来写，"他说。"都是昏蛋。跑到养老堂里来，倒也罢了，可又不肯超然；跑到首阳山里来，倒也罢了，可是还要做诗；做诗倒也罢了，可是还要发感慨，不肯安分守己，'为艺术而艺术'。你瞧，这样的诗，可是有永久性的：

上那西山呀采它的薇菜，

强盗来代强盗呀不知道这的不对。

神农、虞、夏一下子过去了，我又那里去呢？

唉唉死罢，命里注定的晦气！"

"你瞧，这是什么话？温柔敦厚的才是诗。他们的东西，却不但'怨'，简直'骂'了。没有花，只有刺，尚且不可，何况只有骂。即使放开文学不谈，他们撇下祖业，也不是什么孝子，到这里又讥讪朝政，更不像一个良民……我不写！……"

文盲们不大懂得他的议论，但看见声势汹汹，知道一定是反对的意思，也只好作罢了。伯夷和叔齐的丧事，就这样的算是告了一段落。

然而夏夜纳凉的时候，有时还谈起他们的事情来。有人说是老死的，有人说是病死的，有人说是给抢羊皮袍子的强盗杀死的。后来又有人说其实恐怕是故意饿死的,因为他从小丙君府上的鸦头阿金姐那里听来:这之前的十多天,她曾经上山去奚落他们了几句,傻瓜总是脾气大,大约就生气了,绝了食撒赖,可是撒赖只落得一个自己死。

于是许多人就非常佩服阿金姐,说她很聪明,但也有些人怪她太刻薄。

阿金姐却并不以为伯夷叔齐的死掉,是和她有关系的。自然,她上山去开了几句玩笑,是事实,不过这仅仅是玩笑。那两个傻瓜发脾气,因此不吃薇菜了,也是事实,不过并没有死,倒招来了很大的运气。

"老天爷的心肠是顶好的,"她说。"他看见他们的撒赖,快要饿死了,就吩咐母鹿,用它的奶去喂他们。您瞧,这不是顶好的福气吗?用不着种地,用不着砍柴,只要坐着,就天天有鹿奶自己送到你嘴里来。可是贱骨头不识抬举,那老三,他叫什么呀,得步进步,喝鹿奶还不够了。他喝着鹿奶,心里想,'这鹿有这么胖,杀它来吃,味道一定是不坏的。'一面就慢慢的伸开臂膊,要去拿石片。可不知道鹿是通灵的东西,它已经知道了人的心思,立刻一溜烟逃走了。老天爷也讨厌他们的贪嘴,叫母鹿从此不要去。您瞧,他们还不只好饿死吗?那里是为了我的话,倒是为了自己的贪心,贪嘴呵!……"

听到这故事的人们,临末都深深的叹一口气,不知怎的,连自己的肩膀也觉得轻松不少了。即使有时还会想起伯夷叔齐来,但恍恍忽忽,好像看见他们蹲在石壁下,正在张开白胡子的大口,拚命的吃鹿肉。

一九三五年十二月作。

铸 剑

一

眉间尺刚和他的母亲睡下,老鼠便出来咬锅盖,使他听得发烦。他轻轻地叱了几声,最初还有些效验,后来是简直不理他了,格支格支地径自咬。他又不敢大声赶,怕惊醒了白天做得劳乏,晚上一躺就睡着了的母亲。

许多时光之后,平静了;他也想睡去。忽然,扑通一声,惊得他又睁开眼。同时听到沙沙地响,是爪子抓着瓦器的声音。

"好!该死!"他想着,心里非常高兴,一面就轻轻地坐起来。

他跨下床,借着月光走向门背后,摸到钻火家伙,点上松明,向水瓮里一照。果然,一匹很大的老鼠落在那里面了;但是,存水已经不多,爬不出来,只沿着水瓮内壁,抓着,团团地转圈子。

"活该!"他一想到夜夜咬家具,闹得他不能安稳睡觉的便是它们,很觉得畅快。他将松明插在土墙的小孔里,赏玩着;然而那圆睁的小眼睛,又使他发生了憎恨,伸手抽出一根芦柴,将它直按到水底去。过了一会,才放手,那老鼠也随着浮了上来,还是抓着瓮壁转圈子。只是抓劲已经没有先前似的有力,眼睛也淹在水里面,单露出一点尖尖的通红的小鼻子,咻咻地急促地喘气。

他近来很有点不大喜欢红鼻子的人。但这回见了这尖尖的小红鼻子,却忽然觉得它可怜了,就又用那芦柴,伸到它的肚下去,老鼠抓着,歇了一回力,便沿着芦干爬了上来。待到他看见全身,——湿淋淋的黑毛,大的肚子,蚯蚓似的尾巴,——便又觉得可恨可憎得很,慌忙将芦柴一抖,扑通一声,老鼠又落在水瓮里,他接着就用芦柴在它头上捣了几下,叫它赶快沉下去。

换了六回松明之后,那老鼠已经不能动弹,不过沉浮在水中间,有时还向水面微微一跳。眉间尺又觉得很可怜,随即折断芦柴,好容易将它夹了出来,放在地面上。老鼠先是丝毫不动,后来才有一点呼吸;又许多时,四只脚运动了,一翻身,似乎要站起来逃走。这使眉间尺大吃一惊,不觉提起左脚,一脚踏下去。只听得吱的一声,他蹲下去仔细看时,只见口角上微有鲜血,大概是死掉了。

他又觉得很可怜,仿佛自己作了大恶似的,非常难受。他蹲着,呆看着,站不起来。

"尺儿,你在做什么?"他的母亲已经醒来了,在床上问。

"老鼠……。"他慌忙站起,回转身去,却只答了两个字。

"是的,老鼠。这我知道。可是你在做什么?杀它呢,还是在救它?"

他没有回答。松明烧尽了;他默默地立在暗中,渐看见月光的皎洁。

"唉!"他的母亲叹息说,"一交子时,你就是十六岁了,性情还是那样,不冷不热地,一点也不变。看来,你的父亲的仇是没有人报的了。"

他看见他的母亲坐在灰白色的月影中,仿佛身体都在颤动;低微的声音里,含着无限的悲哀,使他冷得毛骨悚然,而一转眼间,又觉得热血在全身中忽然腾沸。

"父亲的仇?父亲有什么仇呢?"他前进几步,惊急地问。

"有的。还要你去报。我早想告诉你的了;只因为你太小,没有说。现在你已经成人了,却还是那样的性情。这教我怎么办呢?你似的性情,能行大事的么?"

"能。说罢,母亲。我要改过……。"

"自然。我也只得说。你必须改过……。那么,走过来罢。"

他走过去;他的母亲端坐在床上,在暗白的月影里,两眼发出闪闪的光芒。

"听哪!"她严肃地说,"你的父亲原是一个铸剑的名工,天下第一。他的工具,我早已都卖掉了来救了穷了,你已经看不见一点遗迹；但他是一个世上无二的铸剑的名工。二十年前，王妃生下了一块铁，听说是抱了一回铁柱之后受孕的，是一块纯青透明的铁。大王知道是异宝，便决计用来铸一把剑，想用它保国，用它杀敌，用它防身。不幸你的父亲那时偏偏入了选，便将铁捧回家里来，日日夜夜地锻炼，费了整三年的精神，炼成两把剑。

"当最末次开炉的那一日，是怎样地骇人的景象呵！哗拉拉地腾上一道白气的时候，地面也觉得动摇。那白气到天半便变成白云，罩住了这处所，渐渐现出绯红颜色，映得一切都如桃花。我家的漆黑的炉子里，是躺着通红的两把剑。你父亲用井华水慢慢地滴下去，那剑嘶嘶地吼着，慢慢转成青色了。这样地七日七夜，就看不见了剑，仔细看时，却还在炉底里，纯青的，透明的，正像两条冰。"

"大欢喜的光采，便从你父亲的眼睛里四射出来；他取起剑，拂拭着，拂拭着。然而悲惨的皱纹，却也从他的眉头和嘴角出现了。他将那两把剑分装在两个匣子里。"

"'你只要看这几天的景象，就明白无论是谁，都知道剑已炼就的了。'他悄悄地对我说。'一到明天，我必须去献给大王。但献剑的一天，也就是我命尽的日子。怕我们从此要长别了。'"

"'你……。'我很骇异，猜不透他的意思，不知怎么说的好。我只是这样地说：'你这回有了这么大的功劳……。'"

"'唉！你怎么知道呢！'他说。'大王是向来善于猜疑，又极残忍的。这回我给他炼成了世间无二的剑，他一定要杀掉我，免得我再去给别人炼剑，来和他匹敌，或者超过他。'"

"我掉泪了。"

"'你不要悲哀。这是无法逃避的。眼泪决不能洗掉运命。我可是早已有准备在这里了！'他的眼里忽然发出电火似的光芒，将一个剑匣放在我膝上。'这是雄剑。'他说。'你收着。明天，我只将这雌剑献给大王去。倘若我一去竟不回来了呢，那是我一定不再在人间了。你不是怀孕已经五六个月了么？不要悲哀；待生了孩子，好好地抚养。一到成人之后，你便交给他这雄剑，教他砍在大王的颈子上,给我报仇!'"

"那天父亲回来了没有呢?"眉间尺赶紧问。

"没有回来!"她冷静地说。"我四处打听,也杳无消息。后来听得人说,第一个用血来饲你父亲自己炼成的剑的人,就是他自己——你的父亲。还怕他鬼魂作怪,将他的身首分埋在前门和后苑了!"

眉间尺忽然全身都如烧着猛火,自己觉得每一枝毛发上都仿佛闪出火星来。他的双拳,在暗中捏得格格地作响。

他的母亲站起了,揭去床头的木板,下床点了松明,到门背后取过一把锄,交给眉间尺道:"掘下去!"

眉间尺心跳着,但很沉静的一锄一锄轻轻地掘下去。掘出来的都是黄土,约到五尺多深,土色有些不同了,似乎是烂掉的材木。

"看罢!要小心!"他的母亲说。

眉间尺伏在掘开的洞穴旁边,伸手下去,谨慎小心地撮开烂树,待到指尖一冷,有如触着冰雪的时候,那纯青透明的剑也出现了。他看清了剑靶,捏着,提了出来。

窗外的星月和屋里的松明似乎都骤然失了光辉,惟有青光充塞宇内。那剑便溶在这青光中,看去好像一无所有。眉间尺凝神细视,这才仿佛看见长五尺余,却并不见得怎样锋利,剑口反而有些浑圆,正如一片韭叶。

"你从此要改变你的优柔的性情,用这剑报仇去!"他的母亲说。

"我已经改变了我的优柔的性情,要用这剑报仇去!"

"但愿如此。你穿了青衣,背上这剑,衣剑一色,谁也看不分明的。衣服我已经做在这里,明天就上你的路去罢。不要记念我!"她向床后的破衣箱一指,说。

眉间尺取出新衣,试去一穿,长短正很合式。他便重行叠好,裹了剑,放在枕边,沉静地躺下。他觉得自己已经改变了优柔的性情;他决心要并无心事一般,倒头便睡,清晨醒来,毫不改变常态,从容地去寻他不共戴天的仇雠。

但他醒着。他翻来覆去，总想坐起来。他听到他母亲的失望的轻轻的长叹。他听到最初的鸡鸣；他知道已交子时，自己是上了十六岁了。

二

当眉间尺肿着眼眶，头也不回的跨出门外，穿着青衣，背着青剑，迈开大步，径奔城中的时候，东方还没有露出阳光。杉树林的每一片叶尖，都挂着露珠，其中隐藏着夜气。但是，待到走到树林的那一头，露珠里却闪出各样的光辉，渐渐幻成晓色了。远望前面，便依稀看见灰黑色的城墙和雉堞。

和挑葱卖菜的一同混入城里，街市上已经很热闹。男人们一排一排的呆站着；女人们也时时从门里探出头来。她们大半也肿着眼眶；蓬着头；黄黄的脸，连脂粉也不及涂抹。

眉间尺预觉到将有巨变降临，他们便都是焦躁而忍耐地等候着这巨变的。

他径自向前走；一个孩子突然跑过来，几乎碰着他背上的剑尖，使他吓出了一身汗。转出北方，离王宫不远，人们就挤得密密层层，都伸着脖子。人丛中还有女人和孩子哭嚷的声音。他怕那看不见的雄剑伤了人，不敢挤进去；然而人们却又在背后拥上来。他只得宛转地退避；面前只看见人们的背脊和伸长的脖子。

忽然，前面的人们都陆续跪倒了；远远地有两匹马并着跑过来。此后是拿着木棍、戈、刀、弓弩、旌旗的武人，走得满路黄尘滚滚。又来了一辆四匹马拉的大车，上面坐着一队人，有的打钟击鼓，有的嘴上吹着不知道叫什么名目的劳什子。此后又是车，里面的人都穿画衣，不是老头子，便是矮胖子，个个满脸油汗。接着又是一队拿刀枪剑戟的骑士。跪着的人们便都伏下去了。这时眉间尺正看见一辆黄盖的大车驰来，正中坐着一个画衣的胖子，花白胡子，小脑袋；腰间还依稀看见佩着和他背上一样的青剑。

他不觉全身一冷，但立刻又灼热起来，像是猛火焚烧着。他一面伸手向肩头捏住剑柄，一面提起脚，便从伏着的人们的脖子的空处跨出去。

但他只走得五六步，就跌了一个倒栽葱，因为有人突然捏住了他的一只脚。这一跌又正压在一个干瘪脸的少年身上；他正怕剑尖伤了他，吃惊地起来看的时候，肋下就挨了很重的两拳。他也不暇计较，再望路上，不但黄盖车已经走过，连拥护的骑士也过去了一大阵了。

路旁的一切人们也都爬起来。干瘪脸的少年却还扭住了眉间尺的衣领，不肯放手，说被他压坏了贵重的丹田，必须保险，倘若不到八十岁便死掉了，就得抵命。闲人们又即刻围上来，呆看着，但谁也不开口；后来有人从旁笑骂了几句，却全是附和干瘪脸少年的。眉间尺遇到了这样的敌人，真是怒不得，笑不得，只觉得无聊，却又脱身不得。这样地经过了煮熟一锅小米的时光，眉间尺早已焦躁得浑身发火，看的人却仍不见减，还是津津有味似的。

前面的人圈子动摇了，挤进一个黑色的人来，黑须黑眼睛，瘦得如铁。他并不言语，只向眉间尺冷冷地一笑，一面举手轻轻地一拨干瘪脸少年的下巴，并且看定了他的脸。那少年也向他看了一会，不觉慢慢地松了手，溜走了；那人也就溜走了；看的人们也都无聊地走散。只有几个人还来问眉间尺的年纪，住址，家里可有姊姊。眉间尺都不理他们。

他向南走着；心里想，城市中这么热闹，容易误伤，还不如在南门外等候他回来，给父亲报仇罢，那地方是地旷人稀，实在很便于施展。这时满城都议论着国王的游山，仪仗，威严，自己得见国王的荣耀，以及俯伏得有怎么低，应该采作国民的模范等等，很像蜜蜂的排衙。直至将近南门，这才渐渐地冷静。

他走出城外，坐在一株大桑树下，取出两个馒头来充了饥；吃着的时候忽然记起母亲来，不觉眼鼻一酸，然而此后倒也没有什么。周围是一步一步地静下去了，他至于很分明地听到自己的呼吸。

天色愈暗，他也愈不安，尽目力望着前方，毫不见有国王回来的影子。上城卖菜的村人，一个个挑着空担出城回家去了。

人迹绝了许久之后,忽然从城里闪出那一个黑色的人来。

"走罢,眉间尺!国王在捉你了!"他说,声音好像鸱鸮。

眉间尺浑身一颤,中了魔似的,立即跟着他走;后来是飞奔。他站定了喘息许多时,才明白已经到了杉树林边。后面远处有银白的条纹,是月亮已从那边出现;前面却仅有两点磷火一般的那黑色人的眼光。

"你怎么认识我?……"他极其惶骇地问。

"哈哈!我一向认识你。"那人的声音说。"我知道你背着雄剑,要给你的父亲报仇,我也知道你报不成。岂但报不成;今天已经有人告密,你的仇人早从东门还宫,下令捕拿你了。"

眉间尺不觉伤心起来。

"唉唉,母亲的叹息是无怪的。"他低声说。

"但她只知道一半。她不知道我要给你报仇。"

"你么?你肯给我报仇么,义士?"

"阿,你不要用这称呼来冤枉我。"

"那么,你同情于我们孤儿寡妇?……"

"唉,孩子,你再不要提这些受了污辱的名称。"他严冷地说,"仗义,同情,那些东西,先前曾经干净过,现在却都成了放鬼债的资本。我的心里全没有你所谓的那些。我只不过要给你报仇!"

"好。但你怎么给我报仇呢?"

"只要你给我两件东西。"两粒磷火下的声音说。"那两件么?你听着:一是你的剑,二是你的头!"

眉间尺虽然觉得奇怪,有些狐疑,却并不吃惊。他一时开不得口。

"你不要疑心我将骗取你的性命和宝贝。"暗中的声音又严冷地说。"这事全由你。你信我,我便去;你不信,我便住。"

"但你为什么给我去报仇的呢?你认识我的父亲么?"

"我一向认识你的父亲,也如一向认识你一样。但我要报仇,却并不为此。聪明的孩子,告诉你罢。你还不知道么,我怎么地善于报仇。你的就是我的;他也就是我。我的魂灵上是有这么多的,人我所加的伤,我已经憎恶了我自己!"

暗中的声音刚刚停止，眉间尺便举手向肩头抽取青色的剑，顺手从后项窝向前一削，头颅坠在地面的青苔上，一面将剑交给黑色人。

"呵呵！"他一手接剑，一手捏着头发，提起眉间尺的头来，对着那热的死掉的嘴唇，接吻两次，并且冷冷地尖利地笑。

笑声即刻散布在杉树林中，深处随着有一群磷火似的眼光闪动，倏忽临近，听到咻咻的饿狼的喘息。第一口撕尽了眉间尺的青衣，第二口便身体全都不见了，血痕也顷刻舐尽，只微微听得咀嚼骨头的声音。

最先头的一匹大狼就向黑色人扑过来。他用青剑一挥，狼头便坠在地面的青苔上。别的狼们第一口撕尽了它的皮，第二口便身体全都不见了，血痕也顷刻舐尽，只微微听得咀嚼骨头的声音。

他已经掣起地上的青衣，包了眉间尺的头，和青剑都背在背脊上，回转身，在暗中向王城扬长地走去。

狼们站定了，耸着肩，伸出舌头，咻咻地喘着，放着绿的眼光看他扬长地走。

他在暗中向王城扬长地走去，发出尖利的声音唱着歌：

> 哈哈爱兮爱乎爱乎！
> 爱青剑兮一个仇人自屠。
> 夥颐连翩兮多少一夫。
> 一夫爱青剑兮呜呼不孤。
> 头换头兮两个仇人自屠。
> 一夫则无兮爱乎呜呼！
> 爱乎呜呼兮呜呼阿呼，
> 阿呼呜呼兮呜呼呜呼！

三

游山并不能使国王觉得有趣；加上了路上将有刺客的密报，更使他扫兴而还。那夜他很生气，说是连第九个妃子的头发，也没有昨天那样的黑得好看了。幸而她撒娇坐在他的御膝上,特别扭了七十多回,这才使龙眉之间的皱纹渐渐地舒展。

午后,国王一起身,就又有些不高兴,待到用过午膳,简直现出怒容来。

"唉唉!无聊!"他打一个大呵欠之后,高声说。

上自王后,下至弄臣,看见这情形,都不觉手足无措。白须老臣的讲道,矮胖侏儒的打诨,王是早已听厌的了;近来便是走索、缘竿、抛丸、倒立、吞刀、吐火等等奇妙的把戏,也都看得毫无意味。他常常要发怒;一发怒,便按着青剑,总想寻点小错处,杀掉几个人。

偷空在宫外闲游的两个小宦官,刚刚回来,一看见宫里面大家的愁苦的情形,便知道又是照例的祸事临头了,一个吓得面如土色;一个却像是大有把握一般,不慌不忙,跑到国王的面前,俯伏着,说道:

"奴才刚才访得一个异人,很有异术,可以给大王解闷,因此特来奏闻。"

"什么?!"王说。他的话是一向很短的。

"那是一个黑瘦的,乞丐似的男子。穿一身青衣,背着一个圆圆的青包裹;嘴里唱着胡诌的歌。人问他。他说善于玩把戏,空前绝后,举世无双,人们从来就没有看见过;一见之后,便即解烦释闷,天下太平。但大家要他玩,他却又不肯。说是第一须有一条金龙,第二须有一个金鼎。……"

"金龙?我是的。金鼎?我有。"

"奴才也正是这样想。……"

"传进来!"

话声未绝,四个武士便跟着那小宦官疾趋而出。上自王后,下至弄臣,个个喜形于色。他们都愿意这把戏玩得解愁释闷,天下太平;即使玩不成,这回也有了那乞丐似的黑瘦男子来受祸,他们只要能挨到传了进来的时候就好了。

并不要许多工夫,就望见六个人向金阶趋进。先头是宦官,后面是四个武士,中间夹着一个黑色人。待到近来时,那人的衣服却是青的,须眉头发都黑;瘦得颧骨,眼圈骨,眉棱骨都高高地突出来。他恭敬地跪着俯伏下去时,果然看见背上有一个圆圆的小包袱,青色布,上面还画上一些暗红色的花纹。

"奏来!"王暴躁地说。他见他家伙简单,以为他未必会玩什么好把戏。

"臣名叫宴之敖者;生长汶汶乡。少无职业;晚遇明师,教臣把戏,是一个孩子的头。这把戏一个人玩不起来,必须在金龙之前,摆一个金鼎,注满清水,用兽炭煎熬。于是放下孩子的头去,一到水沸,这头便随波上下,跳舞百端,且发妙音,欢喜歌唱。这歌舞为一人所见,便解愁释闷,为万民所见,便天下太平。"

"玩来!"王大声命令说。

并不要许多工夫,一个煮牛的大金鼎便摆在殿外,注满水,下面堆了兽炭,点起火来。那黑色人站在旁边,见炭火一红,便解下包袱,打开,两手捧出孩子的头来,高高举起。那头是秀眉长眼,皓齿红唇;脸带笑容;头发蓬松,正如青烟一阵。黑色人捧着向四面转了一圈,便伸手擎到鼎上,动着嘴唇说了几句不知什么话,随即将手一松,只听得扑通一声,坠入水中去了。水花同时溅起,足有五尺多高,此后是一切平静。

许多工夫,还无动静。国王首先暴躁起来,接着是王后和妃子,大臣,宦官们也都有些焦急,矮胖的侏儒们则已经开始冷笑了。王一见他们的冷笑,便觉自己受愚,回顾武士,想命令他们就将那欺君的莠民掷入牛鼎里去煮杀。

但同时就听得水沸声;炭火也正旺,映着那黑色人变成红黑,如铁的烧到微红。王刚又回过脸来,他也已经伸起两手向天,眼光向着无物,舞蹈着,忽地发出尖利的声音唱起歌来:

  哈哈爱兮爱乎爱乎!
  爱兮血兮兮谁乎独无。
  民萌冥行兮一夫壶卢。

彼用百头颅,千头颅兮用万头颅!
我用一头颅兮而无万夫。
爱一头颅兮血乎呜呼!
血乎呜呼兮呜呼阿呼,
阿呼呜呼兮呜呼呜呼!

随着歌声,水就从鼎口涌起,上尖下广,像一座小山,但自水尖至鼎底,不住地回旋运动。那头即随水上上下下,转着圈子,一面又滴溜溜自己翻筋斗,人们还可以隐约看见他玩得高兴的笑容。过了些时,突然变了逆水的游泳,打旋子夹着穿梭,激得水花向四面飞溅,满庭洒下一阵热雨来。一个侏儒忽然叫了一声,用手摸着自己的鼻子。他不幸被热水烫了一下,又不耐痛,终于免不得出声叫苦了。

黑色人的歌声才停,那头也就在水中央停住,面向王殿,颜色转成端庄。这样的有十余瞬息之久,才慢慢地上下抖动;从抖动加速而为起伏的游泳,但不很快,态度很雍容。绕着水边一高一低地游了三匝,忽然睁大眼睛,漆黑的眼珠显得格外精采,同时也开口唱起歌来:

王泽流兮浩洋洋;
克服怨敌,怨敌克服兮,赫兮强!
宇宙有穷止兮万寿无疆。
幸我来也兮青其光!
青其光兮永不相忘。
异处异处兮堂哉皇!
堂哉皇哉兮嗳嗳唷,
嗟来归来,嗟来陪来兮青其光!

头忽然升到水的尖端停住;翻了几个筋斗之后,上下升降起来,眼珠向着左右瞥视,十分秀媚,嘴里仍然唱着歌:

> 阿呼呜呼兮呜呼呜呼,
> 爱乎呜呼兮呜呼阿呼!
> 血一头颅兮爱乎呜呼。
> 我用一头颅兮而无万夫!
> 彼用百头颅,千头颅……

唱到这里,是沉下去的时候,但不再浮上来了;歌词也不能辨别。涌起的水,也随着歌声的微弱,渐渐低落,像退潮一般,终至到鼎口以下,在远处什么也看不见。

"怎了?"等了一会,王不耐烦地问。

"大王,"那黑色人半跪着说。"他正在鼎底里作最神奇的团圆舞,不临近是看不见的。臣也没有法术使他上来,因为作团圆舞必须在鼎底里。"

王站起身,跨下金阶,冒着炎热立在鼎边,探头去看。只见水平如镜,那头仰面躺在水中间,两眼正看着他的脸。待到王的眼光射到他脸上时,他便嫣然一笑。这一笑使王觉得似曾相识,却又一时记不起是谁来。刚在惊疑,黑色人已经掣出了背着的青色的剑,只一挥,闪电般从后项窝直劈下去,扑通一声,王的头就落在鼎里了。

仇人相见,本来格外眼明,况且是相逢狭路。王头刚到水面,眉间尺的头便迎上来,狠命在他耳轮上咬了一口。鼎水即刻沸涌,澎湃有声;两头即在水中死战。约有二十回合,王头受了五个伤,眉间尺的头上却有七处。王又狡猾,总是设法绕到他的敌人的后面去。眉间尺偶一疏忽,终于被他咬住了后项窝,无法转身。这一回王的头可是咬定不放了,他只是连连蚕食进去;连鼎外面也仿佛听到孩子的失声叫痛的声音。

上自王后,下至弄臣,骇得凝结着的神色也应声活动起来,似乎感到暗无天日的悲哀,皮肤上都一粒一粒地起粟;然而又夹着秘密的欢喜,瞪了眼。像是等候着什么似的。

黑色人也仿佛有些惊慌，但是面不改色。他从从容容地伸开那捏着看不见的青剑的臂膊，如一段枯枝；伸长颈子，他在细看鼎底。臂膊忽然一弯，青剑便蓦地从他后面劈下，剑到头落，坠入鼎中，澌的一声，雪白的水花向着空中同时四射。

他的头一入水，即刻直奔王头，一口咬住了王的鼻子，几乎要咬下来。王忍不住叫一声"阿唷"，将嘴一张，眉间尺的头就乘机挣脱了，一转脸倒将王的下巴下死劲咬住。他们不但都不放，还用全力上下一撕，撕得王头再也合不上嘴。于是他们就如饿鸡啄米一般，一顿乱咬，咬得王头眼歪鼻塌，满脸鳞伤。先前还会在鼎里面四处乱滚，后来只能躺着呻吟，到底是一声不响，只有出气，没有进气了。

黑色人和眉间尺的头也慢慢地住了嘴，离开王头，沿鼎壁游了一匝，看他可是装死还是真死。待到知道了王头确已断气，便四目相视，微微一笑，随即合上眼睛，仰面向天，沉到水底里去了。

四

烟消火灭；水波不兴。特别的寂静倒使殿上殿下的人们警醒。他们中的一个首先叫了一声，大家也立刻迭连惊叫起来；一个迈开腿向金鼎走去，大家便争先恐后地拥上去了。有挤在后面的，只能从人脖子的空隙间向里面窥探。

热气还炙得人脸上发烧。鼎里的水却一平如镜，上面浮着一层油，照出许多人脸孔：王后、王妃、武士、老臣、侏儒、太监。……

"阿呀，天哪！咱们大王的头还在里面哪，唉唉唉！"第六个妃子忽然发狂似的哭嚷起来。

上自王后，下至弄臣，也都恍然大悟，仓皇散开，急得手足无措，各自转了四五个圈子。一个最有谋略的老臣独又上前，伸手向鼎边一摸，然而浑身一抖，立刻缩了回来，伸出两个指头，放在口边吹个不住。

大家定了定神，便在殿门外商议打捞办法。约略费去了煮熟三锅小米的工夫，总算得到一种结果，是：到大厨房去调集了铁丝勺子，命武士协力捞起来。

器具不久就调集了，铁丝勺、漏勺、金盘、擦桌布，都放在鼎旁边。武士们便捲起衣袖，有用铁丝勺的，有用漏勺的，一齐恭行打捞。有勺子相触的声音，有勺子刮着金鼎的声音；水是随着勺子的搅动而旋绕着。好一会，一个武士的脸色忽而很端庄了，极小心地两手慢慢举起了勺子，水滴从勺孔中珠子一般漏下，勺里面便显出雪白的头骨来。大家惊叫了一声；他便将头骨倒在金盘里。

"阿呀！我的大王呀！"王后、妃子、老臣，以至太监之类，都放声哭起来。但不久就陆续停止了，因为武士又捞起了一个同样的头骨。

他们泪眼模胡地四顾，只见武士们满脸油汗，还在打捞。此后捞出来的是一团糟的白头发和黑头发；还有几勺很短的东西，仿乎是白胡须和黑胡须。此后又是一个头骨。此后是三枝簪。

直到鼎里面只剩下清汤，才始住手；将捞出的物件分盛了三金盘：一盘头骨，一盘须发，一盘簪。

"咱们大王只有一个头。那一个是咱们大王的呢？"第九个妃子焦急地问。

"是呵……。"老臣们都面面相觑。

"如果皮肉没有煮烂，那就容易辨别了。"一个侏儒跪着说。

大家只得平心静气，去细看那头骨，但是黑白大小，都差不多，连那孩子的头，也无从分辨。王后说王的右额上有一个疤，是做太子时候跌伤的，怕骨上也有痕迹。果然，侏儒在一个头骨上发见了：大家正在欢喜的时候，另外的一个侏儒却又在较黄的头骨的右额上看出相仿的瘢痕来。

"我有法子。"第三个王妃得意地说，"咱们大王的龙准是很高的。"

太监们即刻动手研究鼻准骨，有一个确也似乎比较地高，但究竟相差无几；最可惜的是右额上却并无跌伤的瘢痕。

"况且，"老臣们向太监说，"大王的后枕骨是这么尖的么？"

"奴才们向来就没有留心看过大王的后枕骨……。"

王后和妃子们也各自回想起来,有的说是尖的,有的说是平的。叫梳头太监来问的时候,却一句话也不说。

当夜便开了一个王公大臣会议,想决定哪一个是王的头,但结果还同白天一样。并且连须发也发生了问题。白的自然是王的,然而因为花白,所以黑的也很难处置。讨论了小半夜,只将几根红色的胡子选出;接着因为第九个王妃抗议,说她确曾看见王有几根通黄的胡子,现在怎么能知道决没有一根红的呢。于是也只好重行归并,作为疑案了。

到后半夜,还是毫无结果。大家却居然一面打呵欠,一面继续讨论,直到第二次鸡鸣,这才决定了一个最慎重妥善的办法,是:只能将三个头骨都和王的身体放在金棺里落葬。

七天之后是落葬的日期,合城很热闹。城里的人民,远处的人民,都奔来瞻仰国王的"大出丧"。天一亮,道上已经挤满了男男女女;中间还夹着许多祭桌。待到上午,清道的骑士才缓辔踱而来。又过了不少工夫,才看见仪仗,什么旌旗、木棍、戈戟、弓弩、黄钺之类;此后是四辆鼓吹车。再后面是黄盖随着路的不平而起伏着,并且渐渐近来了,于是现出灵车,上载金棺,棺里面藏着三个头和一个身体。

百姓都跪下去,祭桌便一列一列地在人丛中出现。几个义民很忠愤,咽着泪,怕那两个大逆不道的逆贼的魂灵,此时也和王一同享受祭礼,然而也无法可施。

此后是王后和许多王妃的车。百姓看她们,她们也看百姓,但哭着。此后是大臣、太监、侏儒等辈,都装着哀戚的颜色。只是百姓已经不看他们,连行列也挤得乱七八糟,不成样子了。

一九二六年十月作。

出 关

老子毫无动静的坐着,好像一段呆木头。

"先生,孔丘又来了!"他的学生庚桑楚,不耐烦似的走进来,轻轻的说。

"请……"

"先生,您好吗?"孔子极恭敬的行着礼,一面说。

"我总是这样子,"老子答道。"您怎么样?所有这里的藏书,都看过了罢?"

"都看过了。不过……"孔子很有些焦躁模样,这是他从来所没有的。"我研究《诗》、《书》、《礼》、《乐》、《易》、《春秋》六经,自以为很长久了,够熟透了。去拜见了七十二位主子,谁也不采用。人可真是难得说明白呵。还是'道'的难以说明白呢?"

"你还算运气的哩,"老子说,"没有遇着能干的主子。六经这玩艺儿,只是先王的陈迹呀。哪里是弄出迹来的东西呢?你的话,可是和迹一样的。迹是鞋子踏成的,但迹难道就是鞋子吗?"停了一会,又接着说道:"白儿鸟们只要瞧着,眼珠子动也不动,然而自然有孕;虫呢,雄的在上风叫,雌的在下风应,自然有孕;类是一身上兼具雌雄的,所以自然有孕。性,是不能改的;命,是不能换的;时,是不能留的;道,是不能塞的。只要得了道,什么都行,可是如果失掉了,那就什么都不行。"

孔子好像受了当头一棒,亡魂失魄的坐着,恰如一段呆木头。

大约过了八分钟,他深深的倒抽了一口气,就起身要告辞,一面照例很客气的致谢着老子的教训。

老子也并不挽留他,站起来扶着拄杖,一直送他到图书馆的大

门外。孔子就要上车了,他才留声机似的说道:

"您走了?您不喝点儿茶去吗?……"

孔子答应着"是是",上了车,拱着两只手极恭敬的靠在横板上;冉有把鞭子在空中一挥,嘴里喊一声"都",车子就走动了。待到车子离开了大门十几步,老子才回进自己的屋里去。

"先生今天好像很高兴,"庚桑楚看老子坐定了,才站在旁边,垂着手,说。"话说的很不少……"

"你说的对。"老子微微的叹一口气,有些颓唐似的回答道。"我的话真也说的太多了。"他又仿佛突然记起一件事情来,"哦,孔丘送我的一只雁鹅,不是晒了腊鹅了吗?你蒸蒸吃去罢。我横竖没有牙齿,咬不动。"

庚桑楚出去了。老子就又静下来,合了眼。图书馆里很寂静。只听得竹竿子碰着屋檐响,这是庚桑楚在取挂在檐下的腊鹅。

一过就是三个月。老子仍旧毫无动静的坐着,好像一段呆木头。

"先生,孔丘来了哩!"他的学生庚桑楚,诧异似的走进来,轻轻的说。"他不是长久没来了吗?这的来,不知道是怎的?……"

"请……"老子照例只说了这一个字。

"先生,您好吗?"孔子极恭敬的行着礼,一面说。

"我总是这样子,"老子答道。"长久不看见了,一定是躲在寓里用功罢?"

"那里那里,"孔子谦虚的说。"没有出门,在想着。想通了一点:鸦鹊亲嘴;鱼儿涂口水;细腰蜂儿化别个;怀了弟弟,做哥哥的就哭。我自己久不投在变化里了,这怎么能够变化别人呢!……"

"对对!"老子道。"您想通了!"

大家都从此没有话,好像两段呆木头。

大约过了八分钟,孔子这才深深的呼出了一口气,就起身要告辞,一面照例很客气的致谢着老子的教训。

老子也并不挽留他。站起来扶着拄杖,一直送他到图书馆的大

门外。孔子就要上车了,他才留声机似的说道:

"您走了?您不喝点儿茶去吗?……"

孔子答应着"是是",上了车,拱着两只手极恭敬的靠在横板上;冉有把鞭子在空中一挥,嘴里喊一声"都",车子就走动了。待到车子离开了大门十几步,老子才回进自己的屋里去。

"先生今天好像不大高兴,"庚桑楚看老子坐定了,才站在旁边,垂着手,说。"话说的很少……"

"你说的对。"老子微微的叹一口气,有些颓唐的回答道。"可是你不知道:我看我应该走了。"

"这为什么呢?"庚桑楚大吃一惊,好像遇着了晴天的霹雳。

"孔丘已经懂得了我的意思。他知道能够明白他的底细的,只有我,一定放心不下。我不走,是不大方便的……"

"那么,不正是同道了吗?还走什么呢?"

"不,"老子摆一摆手,"我们还是道不同。譬如同是一双鞋子罢,我的是走流沙,他的是上朝廷的。"

"但您究竟是他的先生呵!"

"你在我这里学了这许多年,还是这么老实,"老子笑了起来,"这真是性不能改,命不能换了。你要知道孔丘和你不同:他以后就不再来,也再不叫我先生,只叫我老头子,背地里还要玩花样了呀。"

"我真想不到。但先生的看人是不会错的……"

"不,开头也常常看错。"

"那么,"庚桑楚想了一想,"我们就和他干一下……"

老子又笑了起来,向庚桑楚张开嘴:

"你看:我牙齿还有吗?"他问。

"没有了。"庚桑楚回答说。

"舌头还在吗?"

"在的。"

"懂了没有?"

"先生的意思是说:硬的早掉,软的却在吗?"

"你说的对。我看你也还不如收拾收拾,回家看看你的老婆去罢。

但先给我的那匹青牛刷一下,鞍鞯晒一下。我明天一早就要骑的。"

老子到了函谷关,没有直走通到关口的大道,却把青牛一勒,转入岔路,在城根下慢慢的绕着。他想爬城。城墙倒并不高,只要站在牛背上,将身一耸,是勉强爬得上的;但是青牛留在城里,却没法搬出城外去。倘要搬,得用起重机,无奈这时鲁般和墨翟还都没有出世,老子自己也想不到会有这玩意。总而言之:他用尽哲学的脑筋,只是一个没有法。

然而他更料不到当他弯进岔路的时候,已经给探子望见,立刻去报告了关官。所以绕不到七八丈路,一群人马就从后面追来了。那个探子跃马当先,其次是关官,就是关尹喜,还带着四个巡警和两个签子手。

"站住!"几个人大叫着。

老子连忙勒住青牛,自己是一动也不动,好像一段呆木头。

"阿呀!"关官一冲上前,看见了老子的脸,就惊叫了一声,即刻滚鞍下马,打着拱,说道:"我道是谁,原来是老聃馆长。这真是万想不到的。"

老子也赶紧爬下牛背来,细着眼睛,看了那人一看,含含胡胡的说,"我记性坏……"

"自然,自然,先生是忘记了的。我是关尹喜,先前因为上图书馆去查《税收精义》,曾经拜访过先生……"

这时签子手便翻了一通青牛上的鞍鞯,又用签子刺一个洞,伸进指头去掏了一下,一声不响,橛着嘴走开了。

"先生在城圈边溜溜?"关尹喜问。

"不,我想出去,换换新鲜空气……"

"那很好!那好极了!现在谁都讲卫生,卫生是顶要紧的。不过机会难得,我们要请先生到关上去住几天,听听先生的教训……"

老子还没有回答,四个巡警就一拥上前,把他扛在牛背上,签子手用签子在牛屁股上刺了一下,牛把尾巴一卷,就放开脚步,一同向关口跑去了。

到得关上，立刻开了大厅来招待他。这大厅就是城楼的中一间，临窗一望，只见外面全是黄土的平原，愈远愈低；天色苍苍，真是好空气。这雄关就高踞峻坂之上，门外左右全是土坡，中间一条车道，好像在峭壁之间。实在是只要一丸泥就可以封住的。

大家喝过开水，再吃饽饽。让老子休息一会之后，关尹喜就提议要他讲学了。老子早知道这是免不掉的，就满口答应。于是轰轰了一阵，屋里逐渐坐满了听讲的人们。同来的八人之外，还有四个巡警，两个签子手，五个探子，一个书记，账房和厨房。有几个还带着笔、刀、木札，预备抄讲义。

老子像一段呆木头似的坐在中央，沉默了一会，这才咳嗽几声，白胡子里面的嘴唇在动起来了。大家即刻屏住呼吸，侧着耳朵听。只听得他慢慢的说道：

"道可道，非常道；名可名，非常名。无名，天地之始；有名，万物之母。……"

大家彼此面面相觑，没有抄。

"故常无欲以观其妙，"老子接着说，"常有欲以观其窍。此两者，同出而异名。同，谓之玄，玄之又玄，众妙之门……"

大家显出苦脸来了，有些人还似乎手足失措。一个签子手打了一个大呵欠，书记先生竟打起磕睡来，哗啷一声，刀、笔、木札，都从手里落在席子上面了。

老子仿佛并没有觉得，但仿佛又有些觉得似的，因为他从此讲得详细了一点。然而他没有牙齿，发音不清，打着陕西腔，夹上湖南音，"哩""呢"不分，又爱说什么"狷"：大家还是听不懂。可是时间加长了，来听他讲学的人，倒格外的受苦。

为面子起见，人们只好熬着，但后来总不免七倒八歪斜，各人想着自己的事，待到讲到"圣人之道，为而不争"，住了口了，还是谁也不动弹。老子等了一会，就加上一句道：

"狷，完了！"

大家这才如大梦初醒，虽然因为坐得太久，两腿都麻木了，一时站不起身，但心里又惊又喜，恰如遇到大赦的一样。

于是老子也被送到厢房里，请他去休息。他喝过几口白开水，就毫无动静的坐着，好像一段呆木头。

人们却还在外面纷纷议论。过不多久，就有四个代表进来见老子，大意是说他的话讲的太快了，加上国语不大纯粹，所以谁也不能笔记。没有记录，可惜非常，所以要请他补发些讲义。

"来笃话啥西，俺实直头听弗懂！"账房说。

"还是耐自家写子出来末哉。写子出来末，总算弗白嚼蛆一场哉哕。阿是？"书记先生道。

老子也不十分听得懂，但看见别的两个把笔、刀、木札，都摆在自己面前了，就料是一定要他编讲义。他知道这是免不掉的，于是满口答应；不过今天太晚了，要明天才开手。

代表们认这结果为满意，退出去了。

第二天早晨，天气有些阴沉沉，老子觉得心里不舒适，不过仍须编讲义，因为他急于要出关，而出关，却须把讲义交卷。他看一眼面前的一大堆木札，似乎觉得更加不舒适了。

然而他还是不动声色，静静的坐下去，写起来。回忆着昨天的话，想一想，写一句。那时眼镜还没有发明，他的老花眼睛细得好像一条线，很费力；除去喝白开水和吃饽饽的时间，写了整整一天半，也不过五千个大字。

"为了出关，我看这也敷衍得过去了。"他想。

于是取了绳子，穿起木札来，计两串，扶着挂杖，到关尹喜的公事房里去交稿，并且声明他立刻要走的意思。

关尹喜非常高兴，非常感谢，又非常惋惜，坚留他多住一些时，但看见留不住，便换了一副悲哀的脸相，答应了，命令巡警给青牛加鞍。一面自己亲手从架子上挑出一包盐，一包胡麻，十五个饽饽来，装在一个充公的白布口袋里送给老子做路上的粮食。并且声明：这是因为他是老作家，所以非常优待，假如他年纪青，饽饽就只能有十个了。

老子再三称谢，收了口袋，和大家走下城楼，到得关口，还要牵着青牛走路；关尹喜竭力劝他上牛，逊让一番之后，终于也骑上去了。作过别，拨转牛头，便向峻坂的大路上慢慢的走去。

不多久，牛就放开了脚步。大家在关口目送着，去了两三丈远，还辨得出白发，黄袍，青牛，白口袋，接着就尘头逐步而起，罩着人和牛，一律变成灰色，再一会，已只有黄尘滚滚，什么也看不见了。

大家回到关上，好像卸下了一副担子，伸一伸腰，又好像得了什么货色似的，咂一咂嘴，好些人跟着关尹喜走进公事房里去。

"这就是稿子？"账房先生提起一串木札来，翻着，说。"字倒写得还干净。我看到市上去卖起来，一定会有人要的。"

书记先生也凑上去，看着第一片，念道：

"'道可道，非常道'……哼，还是这些老套。真教人听得头痛，讨厌……"

"医头痛最好是打打盹。"账房放下了木札，说。

"哈哈哈！……我真只好打盹了。老实说，我是猜他要讲自己的恋爱故事，这才去听的。要是早知道他不过这么胡说八道，我就压根儿不去坐这么大半天受罪……"

"这可只能怪您自己看错了人，"关尹喜笑道。"他那里会有恋爱故事呢？他压根儿就没过恋爱。"

"您怎么知道？"书记诧异的问。

"这也只能怪您自己打了磕睡，没有听到他说'无为而无不为'。这家伙真是'心高于天，命薄如纸'，想'无不为'，就只好'无为'。一有所爱，就不能无不爱，那里还能恋爱，敢恋爱？您看看您自己就是：现在只要看见一个大姑娘，不论好丑，就眼睛甜腻腻都像是你自己的老婆。将来娶了太太，恐怕就要像我们的账房先生一样，规矩一些了。"

窗外起了一阵风，大家都觉得有些冷。

"这老头子究竟是到那里去，去干什么的？"书记先生趁势岔开了关尹喜的话。

"自说是上流沙去的，"关尹喜冷冷的说。"看他走得到。外面不但没有盐、面，连水也难得。肚子饿起来，我看是后来还要回到我们这里来的。"

"那么，我们再叫他著书。"账房先生高兴了起来。"不过饽饽真也太费。那时候，我们只要说宗旨已经改为提拔新作家，两串稿子，给他五个饽饽也足够了。"

"那可不见得行。要发牢骚，闹脾气的。"

"饿过了肚子，还要闹脾气？"

"我倒怕这种东西，没有人要看。"书记摇着手，说。"连五个饽饽的本钱也捞不回。譬如罢，倘使他的话是对的，那么，我们的头儿就得放下关官不做，这才是无不做，是一个了不起的大人……"

"那倒不要紧，"账房先生说，"总有人看的。交卸了的关官和还没有做关官的隐士，不是多得很吗？……"

窗外起了一阵风，括上黄尘来，遮得半天暗。这时关尹喜向门外一看，只见还站着许多巡警和探子，在呆听他们的闲谈。

"呆站在这里干什么？"他吆喝道。"黄昏了，不正是私贩子爬城偷税的时候了吗？巡逻去！"

门外的人们，一溜烟跑下去了。屋里的人们，也不再说什么话，账房和书记都走出去了。关尹喜才用袍袖子把案上的灰尘拂了一拂，提起两串木札来，放在堆着充公的盐、胡麻、布、大豆、饽饽等类的架子上。

一九三五年十二月作。

非 攻

一

　　子夏的徒弟公孙高来找墨子,已经好几回了,总是不在家,见不着。大约是第四或者第五回罢,这才恰巧在门口遇见,因为公孙高刚一到,墨子也适值回家来。他们一同走进屋子里。

　　公孙高辞让了一通之后,眼睛看着席子的破洞,和气的问道:
　　"先生是主张非战的?"
　　"不错!"墨子说。
　　"那么,君子就不斗么?"
　　"是的!"墨子说。
　　"猪狗尚且要斗,何况人……"
　　"唉唉,你们儒者,说话称着尧舜,做事却要学猪狗,可怜,可怜!"墨子说着,站了起来,匆匆的跑到厨下去了,一面说:"你不懂我的意思……"

　　他穿过厨下,到得后门外的井边,绞着辘轳,汲起半瓶井水来,捧着吸了十多口,于是放下瓦瓶,抹一抹嘴,忽然望着园角上叫了起来道:
　　"阿廉!你怎么回来了?"
　　阿廉也已经看见,正在跑过来,一到面前,就规规矩矩的站定,垂着手,叫一声"先生",于是略有些气愤似的接着说:
　　"我不干了。他们言行不一致。说定给我一千盆粟米的,却只给了我五百盆。我只得走了。"
　　"如果给你一千多盆,你走么?"
　　"不。"阿廉答。

"那么,就并非因为他们言行不一致,倒是因为少了呀!"

墨子一面说,一面又跑进厨房里,叫道:

"耕柱子!给我和起玉米粉来!"

耕柱子恰恰从堂屋里走到,是一个很精神的青年。

"先生,是做十多天的干粮罢?"他问。

"对咧。"墨子说。"公孙高走了罢?"

"走了,"耕柱子笑道。"他很生气,说我们兼爱无父,像禽兽一样。"

墨子也笑了一笑。

"先生到楚国去?"

"是的。你也知道了?"墨子让耕柱子用水和着玉米粉,自己却取火石和艾绒打了火,点起枯枝来沸水,眼睛看火焰,慢慢的说道:"我们的老乡公输般,他总是倚恃着自己的一点小聪明,兴风作浪的。造了鈎拒,教楚王和越人打仗还不够,这回是又想出了什么云梯,要耸恿楚王攻宋去了。宋是小国,怎禁得这么一攻。我去按他一下罢。"

他看得耕柱子已经把窝窝头上了蒸笼,便回到自己的房里,在壁厨里摸出一把盐渍藜菜干,一柄破铜刀,另外找了一张破包袱,等耕柱子端进蒸熟的窝窝头来,就一起打成一个包裹。衣服却不打点,也不带洗脸的手巾,只把皮带紧了一紧,走到堂下,穿好草鞋,背上包裹,头也不回的走了。从包裹里,还一阵一阵的冒着热蒸气。

"先生什么时候回来呢?"耕柱子在后面叫喊道。

"总得二十来天罢,"墨子答着,只是走。

二

墨子走进宋国的国界的时候,草鞋带已经断了三四回,觉得脚底上很发热,停下来一看,鞋底也磨成了大窟窿,脚上有些地方起茧,有些地方起泡了。他毫不在意,仍然走;沿路看看情形,人口倒很不少,然而历来的水灾和兵灾的痕迹,却到处存留,没有人民的变换得飞快。走了三天,看不见一所大屋,看不见一颗大树,看不见一个活泼的人,看不见一片肥沃的田地,就这样的到了都城。

城墙也很破旧,但有几处添了新石头;护城沟边看见烂泥堆,像是有人淘掘过,但只见有几个闲人坐在沟沿上似乎钓着鱼。

"他们大约也听到消息了,"墨子想。细看那些钓鱼人,却没有自己的学生在里面。

他决计穿城而过,于是走近北关,顺着中央的一条街,一径向南走。城里面也很萧条,但也很平静;店铺都贴着减价的条子,然而并不见买主,可是店里也并无怎样的货色;街道上满积着又细又粘的黄尘。

"这模样了,还要来攻它!"墨子想。

他在大街上前行,除看见了贫弱而外,也没有什么异样。楚国要来进攻的消息,是也许已经听到了的,然而大家被攻得习惯了,自认是活该受攻的了,竟并不觉得特别,况且谁都只剩了一条性命,无衣无食,所以也没有什么人想搬家。待到望见南关的城楼了,这才看见街角上聚着十多个人,好像在听一个人讲故事。

当墨子走得临近时,只见那人的手在空中一挥,大叫道:

"我们给他们看看宋国的民气!我们都去死!"

墨子知道,这是自己的学生曹公子的声音。

然而他并不挤进去招呼他,匆匆的出了南关,只赶自己的路。又走了一天和大半夜,歇下来,在一个农家的檐下睡到黎明,起来仍复走。草鞋已经碎成一片一片,穿不住了,包袱里还有窝窝头,不能用,便只好撕下一块布裳来,包了脚。

不过布片薄,不平的村路梗着他的脚底,走起来就更艰难。到得下午,他坐在一株小小的槐树下,打开包裹来吃午餐,也算是歇歇脚。远远的望见一个大汉,推着很重的小车,向这边走过来了。到得临近,那人就歇下车子,走到墨子面前,叫了一声"先生",一面撩起衣角来揩脸上的汗,喘着气。

"这是沙么?"墨子认识他是自己的学生管黔敖,便问。

"是的，防云梯的。"

"别的准备怎么样？"

"也已经募集了一些麻、灰、铁。不过难得很：有的不肯，肯的没有。还是讲空话的多……"

"昨天在城里听见曹公子在讲演，又在玩一股什么'气'，嚷什么'死'了。你去告诉他：不要弄玄虚；死并不坏，也很难，但要死得于民有利！"

"和他很难说，"管黔敖怅怅的答道。"他在这里做了两年官，不大愿意和我们说话了……"

"禽滑釐呢？"

"他可是很忙。刚刚试验过连弩；现在恐怕在西关外看地势，所以遇不着先生。先生是到楚国去找公输般的罢？"

"不错，"墨子说，"不过他听不听我，还是料不定的。你们仍然准备着，不要只望着口舌的成功。"

管黔敖点点头，看墨子上了路，目送了一会，便推着小车，吱吱嘎嘎的进城去了。

三

楚国的郢城可是不比宋国：街道宽阔，房屋也整齐，大店铺里陈列着许多好东西，雪白的麻布，通红的辣椒，斑斓的鹿皮，肥大的莲子。走路的人，虽然身体比北方短小些，却都活泼精悍，衣服也很干净，墨子在这里一比，旧衣破裳，布包着两只脚，真好像一个老牌的乞丐了。

再向中央走是一大块广场，摆着许多摊子，拥挤着许多人，这是闹市，也是十字路交叉之处。墨子便找着一个好像士人的老头子，打听公输般的寓所，可惜言语不通，缠不明白，正在手掌心上写字给他看，只听得轰的一声，大家都唱了起来，原来是有名的赛湘灵已经开始在唱她的《下里巴人》，所以引得全国中许多人，同声应和了。不一会，连那老士人也在嘴里发出哼哼声，墨子知道他决不会再来看他手心上的字，便只写了半个"公"字，拔步再往远处跑。然而到处都在唱，无隙可乘，许多工夫，大约是那边已经唱完了，这才逐渐显得安静。他找到一家木匠店，去探问公输般的住址。

"那位山东老，造钩拒的公输先生么？"店主是一个黄脸黑须的胖子，果然很知道。"并不远。你回转去，走过十字街，从右手第二条小道上朝东向南，再往北转角，第三家就是他。"

墨子在手心上写着字，请他看了有无听错之后，这才牢牢的记在心里，谢过主人，迈开大步，径奔他所指点的处所。果然也不错的：第三家的大门上，钉着一块雕镂极工的楠木牌，上刻六个大篆道："鲁国公输般寓"。

墨子拍着红铜的兽环，当当的敲了几下，不料开门出来的却是一个横眉怒目的门丁。他一看见，便大声的喝道：

"先生不见客！你们同乡来告帮的太多了！"

墨子刚看了他一眼，他已经关了门，再敲时，就什么声息也没有。然而这目光的一射，却使那门丁安静不下来，他总觉得有些不舒服，只得进去禀他的主人。公输般正捏着曲尺，在量云梯的模型。

"先生，又有一个你的同乡来告帮了……这人可是有些古怪……"门丁轻轻的说。

"他姓什么？"

"那可还没有问……"门丁惶恐着。

"什么样子的？"

"像一个乞丐。三十来岁。高个子，乌黑的脸……"

"阿呀！那一定是墨翟了！"

公输般吃了一惊，大叫起来，放下云梯的模型和曲尺，跑到阶下去。门丁也吃了一惊，赶紧跑在他前面，开了门。墨子和公输般，便在院子里见了面。

"果然是你。"公输般高兴的说，一面让他进到堂屋去。"你一向好么？还是忙？"

"是的。总是这样……"

"可是先生这么远来,有什么见教呢?"

"北方有人侮辱了我,"墨子很沉静的说。"想托你去杀掉他……"

公输般不高兴了。

"我送你十块钱!"墨子又接着说。

这一句话,主人可真是忍不住发怒了;他沉了脸,冷冷的回答道:

"我是义不杀人的!"

"那好极了!"墨子很感动的直起身来,拜了两拜,又很沉静的说道:"可是我有几句话。我在北方,听说你造了云梯,要去攻宋。宋有什么罪过呢?楚国有余的是地,缺少的是民。杀缺少的来争有余的,不能说是智;宋没有罪,却要攻他,不能说是仁;知道着,却不争,不能说是忠;争了,而不得,不能说是强;义不杀少,然而杀多,不能说是知类。先生以为怎样?……"

"那是……"公输般想着,"先生说得很对的。"

"那么,不可以歇手了么?"

"这可不成,"公输般怅怅的说。"我已经对王说过了。"

"那么,带我见王去就是。"

"好的。不过时候不早了,还是吃了饭去罢。"

然而墨子不肯听,欠着身子,总想站起来,他是向来坐不住的。公输般知道拗不过,便答应立刻引他去见王;一面到自己的房里,拿出一套衣裳和鞋子来,诚恳的说道:

"不过这要请先生换一下。因为这里是和俺家乡不同,什么都讲阔绰的。还是换一换便当……"

"可以可以,"墨子也诚恳的说。"我其实也并非爱穿破衣服的……只因为实在没有工夫换……"

四

楚王早知道墨翟是北方的圣贤,一经公输般介绍,立刻接见了，用不着费力。

墨子穿着太短的衣裳，高脚鹭鸶似的，跟公输般走到便殿里，向楚王行过礼，从从容容的开口道：

"现在有一个人，不要轿车，却想偷邻家的破车子；不要锦绣，却想偷邻家的短毡袄；不要米肉，却想偷邻家的糠屑饭：这是怎样的人呢？"

"那一定是生了偷摸病了。"楚王率直的说。

"楚的地面，"墨子道，"方五千里，宋的却只方五百里，这就像轿车的和破车子；楚有云梦，满是犀兕麋鹿，江汉里的鱼鳖鼋鼍之多，那里都赛不过，宋却是所谓连雉兔鲫鱼也没有的，这就像米肉的和糠屑饭；楚有长松文梓楠木豫章，宋却没有大树，这就像锦绣的和短毡袄。所以据臣看来，王吏的攻宋，和这是同类的。"

"确也不错！"楚王点头说。"不过公输般已经给我在造云梯，总得去攻的了。"

"不过成败也还是说不定的。"墨子道。"只要有木片，现在就可以试一试。"

楚王是一位爱好新奇的王，非常高兴，便教侍臣赶快去拿木片来。墨子却解下自己的皮带，弯作弧形，向着公输子，算是城；把几十片木片分作两份，一份留下，一份交与公输子，便是攻和守的器具。

于是他们俩各各拿着木片，像下棋一般，开始斗起来了，攻的木片一进，守的就一架，这边一退，那边就一招。不过楚王和侍臣，却一点也看不懂。

只见这样的一进一退，一共有九回，大约是攻守各换了九种的花样。这之后，公输般歇手了。墨子就把皮带的弧形改向了自己，好像这回是由他来进攻。也还是一进一退的支架着，然而到第三回，墨子的木片就进了皮带的弧线里面了。

楚王和侍臣虽然莫明其妙，但看见公输般首先放下木片，脸上露出扫兴的神色，就知道他攻守两面，全都失败了。

楚王也觉得有些扫兴。

"我知道怎么赢你的,"停了一会,公输般讪讪的说。"但是我不说。"

"我也知道你怎么赢我的,"墨子却镇静的说。"但是我不说。"

"你们说的是些什么呀?"楚王惊讶着问道。

"公输子的意思,"墨子旋转身去,回答道,"不过想杀掉我,以为杀掉我,宋就没有人守,可以攻了。然而我的学生禽滑釐等三百人,已经拿了我的守御的器械,在宋城上,等候着楚国来的敌人。就是杀掉我,也还是攻不下的!"

"真好法子!"楚王感动的说。"那么,我也就不去攻宋罢。"

五

墨子说停了攻宋之后,原想即刻回往鲁国的,但因为应该换还公输般借他的衣裳,就只好再到他的寓里去。时候已是下午,主客都很觉得肚子饿,主人自然坚留他吃午饭——或者已经是夜饭,还劝他宿一宵。

"走是总得今天就走的,"墨子说。"明年再来,拿我的书来请楚王看一看。"

"你还不是讲些行义么?"公输般道。"劳形苦心,扶危济急,是贱人的东西,大人们不取的。他可是君王呀,老乡!"

"那倒也不。丝麻米谷,都是贱人做出来的东西,大人们就都要。何况行义呢。"

"那可也是的,"公输般高兴的说。"我没有见你的时候,想取宋;一见你,即使白送我宋国,如果不义,我也不要了……"

"那可是我真送了你宋国了。"墨子也高兴的说。"你如果一味行义,我还要送你天下哩!"

当主客谈笑之间,午餐也摆好了,有鱼,有肉,有酒。墨子不喝酒,也不吃鱼,只吃了一点肉。公输般独自喝着酒,看见客人不大动刀匕,过意不去,只好劝他吃辣椒:

"请呀请呀！"他指着辣椒酱和大饼，恳切的说，"你尝尝，这还不坏。大葱可不及我们那里的肥……"

公输般喝过几杯酒，更加高兴了起来。

"我舟战有鉤拒，你的义也有鉤拒么？"他问道。

"我这义的鉤拒，比你那舟战的鉤拒好。"墨子坚决的回答说。"我用爱来鉤，用恭来拒。不用爱鉤，是不相亲的，不用恭拒，是要油滑的，不相亲而又油滑，马上就离散。所以互相爱，互相恭，就等于互相利。现在你用鉤去鉤人，人也用鉤来鉤你，你用拒去拒人，人也用拒来拒你，互相鉤，互相拒，也就等于互相害了。所以我这义的鉤拒，比你那舟战的鉤拒好。"

"但是，老乡，你一行义，可真几乎把我的饭碗敲碎了！"公输般碰了一个钉子之后，改口说，但也大约很有了一些酒意：他其实是不会喝酒的。

"但也比敲碎宋国的所有饭碗好。"

"可是我以后只好做玩具了。老乡，你等一等，我请你看一点玩意儿。"

他说着就跳起来，跑进后房去，好像是在翻箱子。不一会，又出来了，手里拿着一只木头和竹片做成的喜鹊，交给墨子，口里说道：

"只要一开，可以飞三天。这倒还可以说是极巧的。"

"可是还不及木匠的做车轮，"墨子看了一看，就放在席子上，说。"他削三寸的木头，就可以载重五十石。有利于人的，就是巧，就是好，不利于人的，就是拙，也就是坏的。"

"哦，我忘记了，"公输般又碰了一个钉子，这才醒过来。"早该知道这正是你的话。"

"所以你还是一味的行义，"墨子看着他的眼睛，诚恳的说，"不但巧，连天下也是你的了。真是打扰了你大半天。我们明年再见罢。"

墨子说着，便取了小包裹，向主人告辞；公输般知道他是留不住的，只得放他走。送他出了大门之后，回进屋里来，想了一想，便将云梯的模型和木鹊都塞在后房的箱子里。

　　墨子在归途上,是走得较慢了,一则力乏,二则脚痛,三则干粮已经吃完,难免觉得肚子饿,四则事情已经办妥,不像来时的匆忙。然而比来时更晦气:一进宋国界,就被搜检了两回;走近都城,又遇到募捐救国队,募去了破包袱;到得南关外,又遭着大雨,到城门下想避避雨,被两个执戈的巡兵赶开了,淋得一身湿,从此鼻子塞了十多天。

一九三四年八月作。

起　死

（一大片荒地。处处有些土冈，最高的不过六七尺。没有树木。遍地都是杂乱的蓬草；草间有一条人马踏成的路径。离路不远，有一个水溜。远处望见房屋。）

庄子——（黑瘦面皮，花白的络腮胡子，道冠，布袍，拿着马鞭，上。）出门没有水喝，一下子就觉得口渴。口渴可不是玩意儿呀，真不如化为蝴蝶。可是这里也没有花儿呀……哦！海子在这里了，运气，运气！（他跑到水溜旁边，拨开浮萍，用手掬起水来，喝了十几口。）唔，好了。慢慢的上路。（走着，向四处看，）阿呀！一个髑髅。这是怎的？（用马鞭在蓬草间拨了一拨，敲着，说：）

您是贪生怕死，倒行逆施，成了这样的呢？（橐橐。）还是失掉地盘，吃着板刀，成了这样的呢？（橐橐。）还是闹得一榻胡涂，对不起父母妻子，成了这样的呢？（橐橐。）您不知道自杀是弱者的行为吗？（橐橐橐！）还是您没有饭吃，没有衣穿，成了这样的呢？（橐橐。）还是年纪老了，活该死掉，成了这样的呢？（橐橐。）还是……唉，这倒是我胡涂，好像在做戏了。那里会回答。好在离楚国已经不远，用不着忙，还是请司命大神复他的形，生他的肉，和他谈谈闲天，再给他重回家乡，骨肉团聚罢。（放下马鞭，朝着东方，拱两手向天，提高了喉咙，大叫起来：）

至心朝礼，司命大天尊！……

（一阵阴风，许多蓬头的，秃头的，瘦的，胖的，男的，女的，老的，少的鬼魂出现。）

鬼魂——庄周，你这胡涂虫！花白了胡子，还是想不通。死了没有四季,也没有主人公。天地就是春秋,做皇帝也没有这么轻松。还是莫管闲事罢,快到楚国去干你自家的运动。……

庄子——你们才是胡涂鬼,死了也还是想不通。要知道活就是死,死就是活呀,奴才也就是主人公。我是达性命之源的,可不受你们小鬼的运动。

鬼魂——那么,就给你当场出丑……

庄子——楚王的圣旨在我头上,更不怕你们小鬼的起哄!(又拱两手向天,提高了喉咙,大叫起来:)

至心朝礼,司命大天尊!

天地玄黄,宇宙洪荒。日月盈昃,辰宿列张。

赵钱孙李,周吴郑王。冯秦褚卫,姜沈韩杨。

太上老君急急如律令!敕!敕!敕!

(一阵清风,司命大神道冠布袍,黑瘦面皮,花白的络腮胡子,手执马鞭,在东方的朦胧中出现。鬼魂全都隐去。)

司命——庄周,你找我,又要闹什么玩意儿了?喝够了水,不安分起来了吗?

庄子——臣是见楚王去的,路经此地,看见一个空髑髅,却还存着头样子。该有父母妻子的罢,死在这里了,真是呜呼哀哉,可怜得很。所以恳请大神复他的形,还他的肉,给他活转来,好回家乡去。

司命——哈哈!这也不是真心话,你是肚子还没饱就找闲事做。认真不像认真,玩耍又不像玩耍。还是走你的路罢,不要和我来打岔。要知道"死生有命",我也碍难随便安排。

庄子——大神错矣。其实那里有什么死生。我庄周曾经做梦变了蝴蝶,是一只飘飘荡荡的蝴蝶,醒来成了庄周,是一个忙忙碌碌的庄周。究竟是庄周做梦变了蝴蝶呢,还是蝴蝶做梦变了庄周呢,可是到现在还没有弄明白。这样看来,又安知道这髑髅不是现在正活着,所谓活了转来之后,倒是死掉了呢?请大神随随便便,通融一点罢。做人要圆滑,做神也不必迂腐的。

司命——(微笑,)你也还是能说不能行,是人而非神……那么,也好,给你试试罢。

(司命用马鞭向蓬中一指。同时消失了。所指的地方,发出一道火光,跳起一个汉子来。)

汉子——(大约三十岁左右,体格高大,紫色脸,像是乡下人,全身赤条条的一丝不挂。用拳头揉了一通眼睛之后,定一定神,看见了庄子,)唉?

庄子——唉?(微笑着走近去,看定他,)你是怎么的?

汉子——唉唉,睡着了。你是怎么的?(向两边看,叫了起来,)阿呀,我的包裹和伞子呢?(向自己的身上看,)阿呀呀,我的衣服呢?(蹲了下去。)

庄子——你静一静,不要着慌罢。你是刚刚活过来的。你的东西,我看是早已烂掉,或者给人拾去了。

汉子——你说什么?

庄子——我且问你:你姓甚名谁,那里人?

汉子——我是杨家庄的杨大呀。学名叫必恭。

庄子——那么,你到这里是来干什么的呢?

汉子——探亲去的呀,不提防在这里睡着了。(着急起来,)我的衣服呢?我的包裹和伞子呢?

庄子——你静一静,不要着慌罢——我且问你:你是什么时候的人?

汉子——(诧异,)什么?……什么叫作"什么时候的人"?……我的衣服呢?……

庄子——喷喷,你这人真是胡涂得要死的角儿——专管自己的衣服,真是一个澈底的利己主义者。你这"人"尚且没有弄明白,那里谈得到你的衣服呢?所以我首先要问你:你是什么时候的人?唉唉,你不懂。……那么,(想了一想,)我且问你:你先前活着的时候,村子里出了什么故事?

汉子——故事吗?有的。昨天,阿二嫂就和七太婆吵嘴。

庄子——还欠大!

汉子——还欠大?……那么,杨小三旌表了孝子……

庄子——旌表了孝子，确也是一件大事情……不过还是很难查考……（想了一想，）再没有什么更大的事情，使大家因此闹了起来的了吗？

汉子——闹了起来？……（想着，）哦，有有！那还是三四个月前头，因为孩子们的魂灵，要摄去垫鹿台脚了，真吓得大家鸡飞狗走，赶忙做起符袋来，给孩子们带上……"

庄子——（出惊，）鹿台？什么时候的鹿台？

汉子——就是三四个月前头动工的鹿台。

庄子——那么，你是纣王的时候死的？这真了不得，你已经死了五百多年了。

汉子——（有点发怒，）先生，我和你还是初会，不要开玩笑罢。我不过在这儿睡了一忽，什么死了五百多年。我是有正经事，探亲去的。快还我的衣服，包裹和伞子。我没有陪你玩笑的工夫。

庄子——慢慢的，慢慢的，且让我来研究一下。你是怎么睡着的呀？

汉子——怎么睡着的吗？（想着，）我早上走到这地方，好像头顶上轰的一声，眼前一黑，就睡着了。

庄子——疼吗？

汉子——好像没有疼。

庄子——哦……（想了一想，）哦……我明白了。一定是你在商朝的纣王的时候，独个儿走到这地方，却遇着了断路强盗，从背后给你一闷棍，把你打死，什么都抢走了。现在我们是周朝，已经隔了五百多年，还那里去寻衣服。你懂了没有？

汉子——（瞪了眼睛，看着庄子，）我一点也不懂。先生，你还是不要胡闹，还我衣服，包裹和伞子罢。我是有正经事，探亲去的，没有陪你玩笑的工夫！

庄子——你这人真是不明道理……

汉子——谁不明道理？我不见了东西，当场捉住了你，不问你要，问谁要？（站起来。）

庄子——（着急，）你再听我讲：你原是一个髑髅，是我看得可怜，请司命大神给你活转来的。你想想看：你死了这许多年，那里还有衣服呢！我现在并不要你的谢礼，你且坐下，和我讲讲纣王那时候……

汉子——胡说！这话，就是三岁小孩子也不会相信的。我可是三十三岁了！（走开来，）你……

庄子——我可真有这本领。你该知道漆园的庄周的罢。

汉子——我不知道。就是你真有这本领，又值什么鸟？你把我弄得精赤条条的，活转来又有什么用？叫我怎么去探亲？包裹也没有了……（有些要哭，跑开来拉住了庄子的袖子，）我不相信你的胡说。这里只有你，我当然问你要！我扭你见保甲去！

庄子——慢慢的，慢慢的，我的衣服旧了，很脆，拉不得。你且听我几句话：你先不要专想衣服罢，衣服是可有可无的，也许是有衣服对，也许是没有衣服对。鸟有羽，兽有毛，然而王瓜茄子赤条条。此所谓"彼亦一是非，此亦一是非"，你固然不能说没有衣服对，然而你又怎么能说有衣服对呢？……

汉子——（发怒，）放你妈的屁！不还我的东西，我先揍死你！（一手捏了拳头，举起来，一手去揪庄子。）

庄子——（窘急，招架着，）你敢动粗！放手！要不然，我就请司命大神来还你一个死！

汉子——（冷笑着退开，）好，你还我一个死罢。要不然，我就要你还我的衣服，伞子和包裹，里面是五十二个圜钱，斤半白糖，二斤南枣……

庄子——（严正地，）你不反悔？

汉子——小舅子才反悔！

庄子——（决绝地，）那就是了。既然这么胡涂，还是送你还原罢。（转脸朝着东方，拱两手向天，提高了喉咙，大叫起来：）

至心朝礼，司命大天尊！

天地玄黄，宇宙洪荒。日月盈昃，辰宿列张。

赵钱孙李,周吴郑王。冯秦褚卫,姜沈韩杨。

太上老君急急如律令!敕!敕!敕!

(毫无影响,好一会。)

天地玄黄!

太上老君!敕!敕!敕!……敕!

(毫无影响,好一会。)

(庄子向周围四顾,慢慢的垂下手来。)

汉子——死了没有呀?

庄子——(颓唐地,)不知怎的,这回可不灵……

汉子——(扑上前,)那么,不要再胡说了。赔我的衣服!

庄子——(退后,)你敢动手?这不懂哲理的野蛮!

汉子——(揪住他,)你这贼骨头!你这强盗军师!我先剥你的道袍,拿你的马,赔我……

(庄子一面支撑着,一面赶紧从道袍的袖子里摸出警笛来,狂吹了三声。汉子愕然,放慢了动作。不多久,从远处跑来一个巡士。)

巡士——(且跑且喊,)带住他!不要放!(他跑近来,是一个鲁国大汉,身材高大,制服制帽,手执警棍,面赤无须。)带住他!这舅子!……

汉子——(又揪紧了庄子,)带住他!这身子!……

(巡士跑到,抓住庄子的衣领,一手举起警棍来。汉子放手,微弯了身子,两手掩着小肚。)

庄子——(托住警棍,歪着头,)这算什么?

巡士——这算什么?哼!你自己还不明白?

庄子——(愤怒,)怎么叫了你来,你倒来抓我?

巡士——什么?

庄子——我吹了警笛……

巡士——你抢了人家的衣服,还自己吹警笛,这昏蛋!

庄子——我是过路的,见他死在这里,救了他,他倒缠住我,说我拿了他的东西了。你看看我的样子,可是抢人东西的?

巡士——（收回警棍，）"知人知面不知心"，谁知道。到局里去罢。

庄子——那可不成。我得赶路，见楚王去。

巡士——（吃惊，松手，细看了庄子的脸，）那么，您是漆……

庄子——（高兴起来，）不错！我正是漆园吏庄周。您怎么知道的？

巡士——咱们的局长这几天就常常提起您老，说您老要上楚国发财去了，也许从这里经过的。敝局长也是一位隐士，带便兼办一点差使，很爱读您老的文章，读《齐物论》，什么"方生方死，方死方生，方可方不可，方不可方可"，真写得有劲，真是上流的文章，真好！您老还是到敝局里去歇歇罢。

（汉子吃惊，退进蓬草丛中，蹲下去。）

庄子——今天已经不早，我要赶路，不能耽搁了。还是回来的时候，再去拜访贵局长罢。

（庄子且说且走，爬在马上，正想加鞭，那汉子突然跳出草丛，跑上去拉住了马嚼子。巡士也追上去，拉住汉子的臂膊。）

庄子——你还缠什么？

汉子——你走了，我什么也没有，叫我怎么办？（看着巡士，）您瞧，巡士先生……

巡士——（搔着耳朵背后，）这模样，可真难办……但是，先生……我看起来，（看着庄子，）还是您老富裕一点，赏他一件衣服，给他遮遮羞……

庄子——那自然可以的，衣服本来并非我有。不过我这回要去见楚王，不穿袍子，不行，脱了小衫，光穿一件袍子，也不行……

巡士——对啦，这实在少不得。（向汉子，）放手！

汉子——我要去探亲……

巡士——胡说！再麻烦，看我带你到局里去！（举起警棍，）滚开！

（汉子退走，巡士追着，一直到乱蓬里。）

庄子——再见再见。

巡士——再见再见。您老走好哪！

（庄子在马上打了一鞭，走动了。巡士反背着手，看他渐跑渐远，没入尘头中，这才慢慢的回转身，向原来的路上踱去。）

（汉子突然从草丛中跳出来，拉住巡士的衣角。）

巡士——干吗？

汉子——我怎么办呢？

巡士——这我怎么知道。

汉子——我要去探亲……

巡士——你探去就是了。

汉子——我没有衣服呀。

巡士——没有衣服就不能探亲吗？

汉子——你放走了他。现在你又想溜走了，我只好找你想法子。不问你，问谁呢？你瞧，这叫我怎么活下去！

巡士——可是我告诉你：自杀是弱者的行为呀！

汉子——那么，你给我想法子！

巡士——（摆脱着衣角，）我没有法子想！

汉子——（绷住巡士的袖子，）那么，你带我到局里去！

巡士——（摆脱着袖子，）这怎么成。赤条条的，街上怎么走。放手！

汉子——那么，你借我一条裤子！

巡士——我只有这一条裤子，借给了你，自己不成样子了。（竭力的摆脱着，）不要胡闹！放手！

汉子——（揪住巡士的颈子，）我一定要跟你去！

巡士——（窘急，）不成！

汉子——那么，我不放你走！

巡士——你要怎么样呢？

汉子——我要你带我到局里去！

巡士——这真是……带你去做什么用呢？不要捣乱了。放手！要不然……（竭力的挣扎。）

汉子——（揪得更紧，）要不然，我不能探亲，也不能做人了。二斤南枣，斤半白糖……你放走了他，我和你拚命……

巡士——（挣扎着，）不要捣乱了！放手！要不然……要不然……（说着，一面摸出警笛，狂吹起来。）

一九三五年十二月作。

准风月谈

/ 选编 /

帮闲法发隐

桃椎

吉开迦尔是丹麦的忧郁的人,他的作品,总是带着悲愤。不过其中也有很有趣味的,我看见了这样的几句——

"戏场里失了火。丑角站在戏台前,来通知了看客。大家以为这是丑角的笑话,喝采了。丑角又通知说是火灾。但大家越加哄笑,喝采了。我想,人世是要完结在当作笑话的开心的人们的大家欢迎之中的罢。"

不过我的所以觉得有趣的,并不专在本文,是在由此想到了帮闲们的伎俩。帮闲,在忙的时候就是帮忙,倘若主子忙于行凶作恶,那自然也就是帮凶。但他的帮法,是在血案中而没有血迹,也没有血腥气的。譬如罢,有一件事,是要紧的,大家原也觉得要紧,他就以丑角身份而出现了,将这件事变为滑稽,或者特别张扬了不关紧要之点,将人们的注意拉开去,这就是所谓"打诨"。如果是杀人,他就来讲当场的情形,侦探的努力;死的是女人呢,那就更好了,名之曰"艳尸",或介绍她的日记。如果是暗杀,他就来讲死者的生前的故事,恋爱呀,遗闻呀……人们的热情原不是永不弛缓的,但加上些冷水,或者美其名曰清茶,自然就冷得更加迅速了,而这位打诨的脚色,却变成了文学者。

假如有一个人,认真的在告警,于凶手当然是有害的,只要大家还没有僵死。但这时他就又以丑角身份而出现了,仍用打诨,从旁装着鬼脸,使告警者在大家的眼里也化为丑角,使他的警告在大家的耳边都化为笑话。耸肩装穷,以表现对方之阔,卑躬叹气,以暗示对方之傲;使大家心里想:这告警者原来都是虚伪的。幸而帮闲们还多是男人,否则它简直会说告警者曾经怎样调戏它,当众罗列淫辞,然后作自杀以明耻之状也说不定。周围捣着鬼,无论如何严肃的说法也要减少力量的,而不利于凶手的事情却就在这疑心和笑声中完结了。它呢?这回它倒是道德家。

当没有这样的事件时,那就七日一报,十日一谈,收罗废料,装进读者的脑子里去,看过一年半载,就满脑都是某阔人如何摸牌,某明星如何打嚏的典故。开心是自然也开心的。但是,人世却也要完结在这些欢迎开心的开心的人们之中的罢。

八月二十八日。

登龙术拾遗

苇索

章克标先生做过一部《文坛登龙术》,因为是预约的,而自己总是悠悠忽忽,竟失去了拜诵的幸运,只在《论语》上见过广告,解题和后记。但是,这真不知是那里来的"烟士披里纯",解题的开头第一段,就有了绝妙的名文——

"登龙是可以当作乘龙解的,于是登龙术便成了乘龙的技术,那是和骑马驾车相类似的东西了。但平常乘龙就是女婿的意思,文坛似非女性,也不致于会要招女婿,那么这样解释似乎也有引起别人误会的危险。……"

确实,查看广告上的目录,并没有"做女婿"这一门,然而这却不能不说是"智者千虑"的一失,似乎该有一点增补才好,因为文坛虽然"不致于会要招女婿",但女婿却是会要上文坛的。

术曰:要登文坛,须阔太太,遗产必需,官司莫怕。穷小子想爬上文坛去,有时虽然会侥幸,终究是很费力气的;做些随笔或茶话之类,或者也能够捞几文钱,但究竟随人俯仰。最好是有富岳家,有阔太太,用赔嫁钱,作文学资本,笑骂随他笑骂,恶作我自印之。"作品"一出,头衔自来,赘婿虽能被妇家所轻,但一登文坛,即声价十倍,太太也就高兴,不至于自打麻将,连眼梢也一动不动了,这就是"交相为用"。但其为文人也,又必须是唯美派,试看王尔德遗照,盘花钮扣,镶牙手杖,何等漂亮,人见犹怜,而况令阃。可惜他的太太不行,以至滥交顽童,穷死异国,假如有钱,何至于此。所以倘欲登龙,也要乘龙,"书中自有黄金屋",早成古话,现在是"金中自有文学家"当令了。

但也可以从文坛上去做女婿。其术是时时留心,寻一个家里有些钱,而自己能写几句"阿呀呀,我悲哀呀"的女士,做文章登报,尊之为"女诗人"。待到看得她有了"知己之感",就照电影上那样的屈一膝跪下,说道"我的生命呵,阿呀呀,我悲哀呀!"——则由登龙而乘龙,又由乘龙而更登龙,十分美满。然而富女诗人未必一定爱穷男文士,所以要有把握也很难,这一法,在这里只算是《登龙术拾遗》的附录,请勿轻用为幸。

八月二十八日。

由聋而哑

洛 文

　　医生告诉我们：有许多哑子，是并非喉舌不能说话的，只因为从小就耳朵聋，听不见大人的言语，无可师法，就以为谁也不过张着口呜呜哑哑，他自然也只好呜呜哑哑了。所以勃兰兑斯叹丹麦文学的衰微时，曾经说：文学的创作，几乎完全死灭了。人间的或社会的无论怎样的问题，都不能提起感兴，或则除在新闻和杂志之外，绝不能惹起一点论争。我们看不见强烈的独创的创作。加以对于获得外国的精神生活的事，现在几乎绝对的不加顾及。于是精神上的"聋"，那结果，就也招致了"哑"来。（《十九世纪文学的主潮》第一卷自序）

　　这几句话，也可以移来批评中国的文艺界，这现象，并不能全归罪于压迫者的压迫，五四运动时代的启蒙运动者和以后的反对者，都应该分负责任的。前者急于事功，竟没有译出什么有价值的书籍来，后者则故意迁怒，至骂翻译者为媒婆，有些青年更推波助澜，有一时期，还至于连人地名下注一原文，以便读者参考时，也就诋之曰"衒学"。

　　今竟何如？三开间店面的书铺，四马路上还不算少，但那里面满架是薄薄的小本子，倘要寻一部巨册，真如披沙拣金之难。自然，生得又高又胖并不就是伟人，做得多而且繁也决不就是名著，而况还有"剪贴"。但是，小小的一本"什么ABC"里，却也决不能包罗一切学术文艺的。一道浊流，固然不如一杯清水的干净而澄明，但蒸溜了浊流的一部分，却就有许多杯净水在。

　　因为多年买空卖空的结果，文界就荒凉了，文章的形式虽然比较的整齐起来，但战斗的精神却较前有退无进。文人虽因捐班或互捧，很快的成名，但为了出力的吹，壳子大了，里面反显得更加空洞，于是误认这空虚为寂寞，像煞有介事的说给读者们；其甚者还至于摆出他心的腐烂来，算是一种内面的宝贝。散文，在文苑中算是成功的，但试看今年的选本，便是前三名，也即令人有"貂不足，狗尾续"之感。用秕谷来养青年，是决不会壮大的，将来的成就，且要更渺小，那模样，可看尼采所描写的"末人"。

但绍介国外思潮，翻译世界名作，凡是运输精神的粮食的航路，现在几乎都被聋哑的制造者们堵塞了，连洋人走狗，富户赘郎，也会来哼哼的冷笑一下。他们要掩住青年的耳朵，使之由聋而哑，枯涸渺小，成为"末人"，非弄到大家只能看富家儿和小瘪三所卖的春宫，不肯罢手。甘为泥土的作者和译者的奋斗，是已经到了万不可缓的时候了，这就是竭力运输些切实的精神的粮食，放在青年们的周围，一面将那些聋哑的制造者送回黑洞和朱门里面去。

八月二十九日。

新秋杂识（二）

旅 隼

八月三十日的夜里，远远近近，都突然劈劈拍拍起来，一时来不及细想，以为"抵抗"又开头了，不久就明白了那是放爆竹，这才定了心。接着又想：大约又是什么节气了罢？……待到第二天看报纸，才知道原来昨夜是月蚀，那些劈劈拍拍，就是我们的同胞，异胞（我们虽然大家自称为黄帝子孙，但蚩尤的子孙想必也未尝死绝，所以谓之"异胞"）在示威，要将月亮从天狗嘴里救出。

再前几天，夜里也很热闹。街头巷尾，处处摆着桌子，上面有面食、西瓜；西瓜上面叮着苍蝇，青虫，蚊子之类，还有一桌和尚，口中念念有词："回猪猡普米呀吽！唵呀吽！吽！！"这是在放焰口，施饿鬼。到了盂兰盆节了，饿鬼和非饿鬼，都从阴间跑出，来看上海这大世面，善男信女们就在这时尽地主之谊，托和尚"唵呀吽"的弹出几粒白米去，请它们都饱饱的吃一通。

我是一个俗人，向来不大注意什么天上和阴间的，但每当这些时候，却也不能不感到我们的还在人间的同胞们和异胞们的思虑之高超和妥帖。别的不必说，就在这不到两整年中，大则四省，小则九岛，都已变了旗色了，不久还有八岛。不但救不胜救，即使想要救罢，一开口，说不定自己就危险（这两句，印后成了"于势也有所未能"）。所以最妥当是救月亮，那怕爆竹放得震天价响，天狗决不至于来咬，月亮里的酋长（假如有酋长的话）也不会出来禁止。目为反动的。救人也一样，兵灾，旱灾，蝗灾，水灾……灾民们不计其数，幸而暂免于灾殃的小民，又怎么能有一个救法？那自然还不如救魂灵，事省功多，和大人先生的打醮造塔同其功德。这就是所谓"人无远虑，必有近忧"；而"君子务其大者远者"，亦此之谓也。

而况"庖人虽不治庖，尸祝不越尊俎而代之"，也是古圣贤的明训，国事有治国者在，小民是用不着吵闹的。不过历来的圣帝明王，可又并不卑视小民，倒给与了更高超的自由和权利，就是听你专门去救宇宙和魂灵。这是太平的根基，从古至今，相沿不废，将来想必也不至先便废。记得那是去年的事了，沪战初停，日兵渐渐的走上兵船和退进营房里面去，有一夜也是这么劈劈拍拍起来，时候还在"长期抵抗"中，日本人又不明白我们的国粹，以为又是第几路军前来收复失地了，立刻放哨，出兵……乱烘烘的闹了一通，才知道我们是在救月亮，他们是在见鬼。"哦哦！成程（Naruhodo＝原来如此）！"惊叹和佩服之余，于是恢复了平和的原状。今年呢，连哨也没有放，大约是已被中国的精神文明感化了。

现在的侵略者和压制者，还有像古代的暴君一样，竟连奴才们的发昏和做梦也不准的么？……

八月三十一日。

男人的进化

虞 明

说禽兽交合是恋爱未免有点亵渎。但是,禽兽也有性生活,那是不能否认的。它们在春情发动期,雌的和雄的碰在一起,难免"卿卿我我"的来一阵。固然,雌的有时候也会装腔做势,逃几步又回头看,还要叫几声,直到实行"同居之爱"为止。禽兽的种类虽然多,它们的"恋爱"方式虽然复杂,可是有一件事是没有疑问的:就是雄的不见得有什么特权。

人为万物之灵,首先就是男人的本领大。最初原是马马虎虎的,可是因为"知有母不知有父"的缘故,娘儿们曾经"统治"过一个时期,那时的祖老太太大概比后来族长还要威风。后来不知怎的,女人就倒了霉:项颈上,手上,脚上,全都锁上了练条,扣上了圈儿,环儿,——虽则过了几千年这些圈儿环儿大都已经变成了金的银的,镶上了珍珠宝钻,然而这些项圈,镯子,戒指等等,到现在还是女奴的象征。既然女人成了奴隶,那就男人不必征求她的同意再去"爱"她了。古代部落之间的战争,结果俘虏会变成奴隶,女俘虏就会被强奸。那时候,大概春情发动期早就"取消"了,随时随地男主人都可以强奸女俘虏,女奴隶。现代强盗恶棍之流的不把女人当人,其实是大有酋长式武士道的遗风的。

但是,强奸的本领虽然已经是人比禽兽"进化"的一步,究竟还只是半开化。你想,女的哭哭啼啼,扭手扭脚,能有多大兴趣?自从金钱这宝贝出现之后,男人的进化就真的了不得了。天下的一切都可以买卖,性欲自然并非例外。男人化几个臭钱,就可以得到他在女人身上所要得到的东西。而且他可以给她说:我并非强奸你,这是你自愿的,你愿意拿几个钱,你就得如此这般,百依百顺,咱们是公平交易!蹂躏了她,还要她说一声"谢谢你,大少"。这是禽兽干得来的么?所以嫖妓是男人进化的颇高的阶段了。

同时,父母之命媒妁之言的旧式婚姻,却要比嫖妓更高明。这制度之下,男人得到永久的终身的活财产。当新妇被人放到新郎的床上的时候,她只有义务,她连讲价钱的自由也没有,何况恋爱。不管你爱不爱,在周公孔圣人的名义之下,你得从一而终,你得守贞操。男人可以随时使用她,而她却要遵守圣贤的礼教,即使"只在心里动了恶念,也要算犯奸淫"的。如果雄狗对雌狗用起这样巧妙而严厉的手段来,雌的一定要急得"跳墙"。然而人却只会跳井,当节妇,贞女,烈女去。礼教婚姻的进化意义,也就可想而知了。

至于男人会用"最科学的"学说,使得女人虽无礼教,也能心甘情愿地从一而终,而且深信性欲是"兽欲",不应当作为恋爱的基本条件,因此发明"科学的贞操",——那当然是文明进化的顶点了。

呜呼,人——男人——之所以异于禽兽者!

自注:这篇文章是卫道的文章。

九月三日。

同意和解释

虞 明

上司的行动不必征求下属的同意，这是天经地义。但是，有时候上司会对下属解释。

新进的世界闻人说："原人时代就有威权，例如人对动物，一定强迫它们服从人的意志，而使它们抛弃自由生活，不必征求动物的同意。"这话说得透彻。不然，我们那里有牛肉吃，有马骑呢？人对人也是这样。

日本耶教会主教最近宣言日本是圣经上说的天使："上帝要用日本征服向来屠杀犹太人的白人……以武力解放犹太人，实现《旧约》上的豫言。"这也显然不征求白人的同意的，正和屠杀犹太人的白人并未征求过犹太人的同意一样。日本的大人老爷在中国制造"国难"，也没有征求中国人民的同意。——至于有些地方的绅董，却去征求日本大人的同意，请他们来维持地方治安，那却又当别论。总之，要自由自在的吃牛肉，骑马等等，就必须宣布自己是上司，别人是下属；或是把人比做动物，或是把自己作为天使。

但是，这里最要紧的还是"武力"，并非理论。不论是社会学或是基督教的理论，都不能够产生什么威权。原人对于动物的威权，是产生于弓箭等类的发明的。至于理论，那不过是随后想出来的解释。这种解释的作用，在于制造自己威权的宗教上，哲学上，科学上，世界潮流上的根据，使得奴隶和牛马恍然大悟这世界的公律，而抛弃一切翻案的梦想。

当上司对于下属解释的时候，你做下属的切不可误解这是在征求你的同意，因为即使你绝对的不同意，他还是干他的。他自有他的梦想,只要金银财宝和飞机大炮的力量还在他手里,他的梦想就会实现;而你的梦想却终于只是梦想,——万一实现了,他还说你抄袭他的动物主义的老文章呢。

据说现在的世界潮流,正是庞大权力的政府的出现,这是十九世纪人士所梦想不到的。意大利和德意志不用说了;就是英国的国民政府,"它的实权也完全属于保守党一党"。"美国新总统所取得的措置经济复兴的权力,比战争和戒严时期还要大得多"。大家做动物,使上司不必征求什么同意,这正是世界的潮流。懿欤盛哉,这样的好榜样,那能不学?

不过,我这种解释还有点美中不足:中国自己的秦始皇帝焚书坑儒,中国自己的韩退之等说:"民不出米粟麻丝以事其上则诛。"这原是国货,何苦违背着民族主义,引用外国的学说和事实——长他人威风,灭自己志气呢?

九月三日。

文床秋梦

游 光

春梦是颠颠倒倒的。"夏夜梦"呢?看沙士比亚的剧本,也还是颠颠倒倒。中国的秋梦,照例却应该"肃杀",民国以前的死囚,就都是"秋后处决"的,这是顺天时。天教人这么着,人就不能不这么着。所谓"文人"当然也不至于例外,吃得饱饱的睡在床上,食物不能消化完,就做梦;而现在又是秋天,天就教他的梦威严起来了。

二卷三十一期(八月十二日出版)的《涛声》上,有一封自名为"林丁"先生的给编者的信,其中有一段说——

"……之争,孰是孰非,殊非外人所能详道。然而彼此摧残,则在傍观人看来,却不能不承是整个文坛的不幸。……我以为各人均应先打屁股百下,以儆效尤,余事可一概不提。……"

前两天,还有某小报上的不署名的社谈,它对于早些日子余赵的剪窃问题之争,也非常气愤——

"……假使我一朝大权在握,我一定把这般东西捉了来,判他们罚作苦工,读书十年;中国文坛,或尚有干净之一日。"

张献忠自己要没落了,他的行动就不问"孰是孰非",只是杀。清朝的官员,对于原被两造,不问青红皂白,各打屁股一百或五十的事,确也偶尔会有的,这是因为满洲还想要奴才,供搜刮,就是"林丁"先生的旧梦。某小报上的无名子先生可还要比较的文明,至少,它是已经知道了上海工部局"判罚"下等华人的方法的了。

但第一个问题是在怎样才能够"一朝大权在握"?文弱书生死样活气,怎么做得到权臣?先前,还可以希望招驸马,一下子就飞黄腾达，现在皇帝没有了，即使满脸涂着雪花膏，也永远遇不到公主的青睐；至多，只可以希图做一个富家的姑爷而已。而捐官的办法，又早经取消，对于"大权"，还是只能像狐狸的遇着高处的葡萄一样，仰着白鼻子看看。文坛的完整和干净，恐怕实在也到底很渺茫。

五四时候，曾经在出版界上发现了"文丐"，接着又发现了"文氓"，但这种威风凛凛的人物，却是我今年秋天在上海新发见的，无以名之，姑且称为"文官"罢。看文学史，文坛是常会有完整而干净的时候的，但谁曾见过这文坛的澄清，会和这类的"文官"们有丝毫关系的呢。

不过，梦是总可以做的，好在没有什么关系，而写出来也有趣。请安息罢，候补的少大人们！

九月五日。

电影的教训

孺 牛

当我在家乡的村子里看中国旧戏的时候,是还未被教育成"读书人"的时候,小朋友大抵是农民。爱看的是翻筋斗,跳老虎,一把烟焰,现出一个妖精来;对于剧情,似乎都不大和我们有关系。大面和老生的争城夺地,小生和正旦的离合悲欢,全是他们的事,捏锄头柄人家的孩子,自己知道是决不会登坛拜将,或上京赴考的。但还记得有一出给了感动的戏,好像是叫作《斩木诚》。一个大官蒙了不白之冤,非被杀不可了,他家里有一个老家丁,面貌非常相像,便代他去"伏法"。那悲壮的动作和歌声,真打动了看客的心,使他们发见了自己的好模范。因为我的家乡的农人,农忙一过,有些是给大户去帮忙的。为要做得像,临刑时候,主母照例的必须去"抱头大哭",然而被他踢开了,虽在此时,名分也得严守,这是忠仆,义士,好人。

但到我在上海看电影的时候,却早是成为"下等华人"的了,看楼上坐着白人和阔人,楼下排着中等和下等的"华胄",银幕上现出白色兵们打仗,白色老爷发财,白色小姐结婚,白色英雄探险,令看客佩服,羡慕,恐怖,自己觉得做不到。但当白色英雄探险非洲时,却常有黑色的忠仆来给他开路,服役,拚命,替死,使主子安然的回家;待到他豫备第二次探险时,忠仆不可再得,便又记起了死者,脸色一沉,银幕上就现出一个他记忆上的黑色的面貌。黄脸的看客也大抵在微光中把脸色一沉:他们被感动了。

幸而国产电影也在挣扎起来,耸身一跳,上了高墙,举手一扬,掷出飞剑,不过这也和十九路军一同退出上海,现在是正在准备开映屠格纳夫的《春潮》和茅盾的《春蚕》了。当然,这是进步的。但这时候,却先来了一部竭力宣传的《瑶山艳史》。

这部片子,主题是"开化瑶民",机键是"招驸马",令人记起《四郎探母》以及《双阳公主追狄》这些戏本来。中国的精神文明主宰全世界的伟论,近来不大听到了,要想去开化,自然只好退到苗瑶之类的里面去,而要成这种大事业,却首先须"结亲",黄帝子孙,也和黑人一样,不能和欧亚大国的公主结亲,所以精神文明就无法传播。这是大家可以由此明白的。

九月七日。

关于翻译（上）

洛 文

因为我的一篇短文，引出了穆木天先生的《从〈为翻译辩护〉谈到楼译〈二十世纪之欧洲文学〉》（九日《自由谈》所载），这在我，是很以为荣幸的，并且觉得凡所指摘，也恐怕都是实在的错误。但从那作者的案语里，我却又想起一个随便讲讲，也许并不是毫无意义的问题来了。那是这样的一段——

"在一百九十九页，有'在这种小说之中，最近由学术院（译者：当系指著者所属的俄国共产主义学院）所选的鲁易倍尔德兰的不朽诸作，为最优秀'。在我以为此地所谓'Academia'者，当指法国翰林院。苏联虽称学艺发达之邦，但不会为帝国主义作家作选集罢？我不知为什么楼先生那样地滥下注解？"

究竟是那一国的 Academia 呢？我不知道。自然，看作法国的翰林院，是万分近理的，但我们也不能决定苏联的大学院就"不会为帝国主义作家作选集"。倘在十年以前是决定不会的，这不但为物力所限，也为了要保护革命的婴儿，不能将滋养的，无益的，有害的食品都漫无区别的乱放在他前面。现在却可以了，婴儿已经长大，而且强壮，聪明起来。即使将鸦片或吗啡给他看，也没有什么大危险，但不消说，一面也必须有先觉者指示，说吸了就会上瘾，而上瘾之后，就成一个废物，或者还是社会上的害虫。

在事实上，我曾经见过苏联的 Academia 新译新印的阿剌伯的《一千一夜》，意大利的《十日谈》，还有西班牙的《吉诃德先生》，英国的《鲁滨孙漂流记》；在报章上，则记载过在为托尔斯泰印选集，为歌德编全集——更完全的全集。倍尔德兰不但是加特力教的宣传者,而且是王朝主义的代言人,但比起十九世纪初德意志布尔乔亚的文豪歌德来,那作品也不至于更加有害。所以我想,苏联来给他出一本选集,实在是很可能的。不过在这些书籍之前,想来一定有详序,加以仔细的分析和正确的批评。

凡作者,和读者因缘愈远的,那作品就于读者愈无害。古典的,反动的,观念形态已经很不相同的作品,大抵即不能打动新的青年的心(但自然也要有正确的指示),倒反可以从中学学描写的本领,作者的努力。恰如大块的砒霜,欣赏之余,所得的是知道它杀人的力量和结晶的模样;药物学和矿物学上的知识了。可怕的倒在用有限的砒霜,和在食物中间,使青年不知不觉的吞下去。例如似是而非的所谓"革命文学",故作激烈的所谓"唯物史观的批评",就是这一类。这倒是应该防备的。

我是主张青年也可以看看"帝国主义者"的作品的,这就是古语的所谓"知己知彼"。青年为了要看虎狼,赤手空拳的跑到深山里去固然是呆子,但因为虎狼可怕,连用铁栅围起来了的动物园里也不敢去,却也不能不说是一位可笑的愚人。有害的文学的铁栅是什么呢?批评家就是。

九月十一日。

补记:这一篇没有能够刊出。

九月十五日。

关于翻译（下）

洛 文

但我在那《为翻译辩护》中，所希望于批评家的，实在有三点：一，指出坏的；二，奖励好的；三，倘没有，则较好的也可以。而穆木天先生所实做的是第一句。以后呢，可能有别的批评家来做其次的文章，想起来真是一个大疑问。

所以我要再来补充几句：倘连较好的也没有，则指出坏的译本之后，并且指明其中的那些地方还可以于读者有益处。

此后的译作界，恐怕是还要退步下去的。姑不论民穷财尽，即看地面和人口，四省是给日本拿去了，一大块在水淹，一大块在旱，一大块在打仗，只要略略一想，就知道读者是减少了许许多了。因为销路的少，出版界就要更投机，欺骗，而拿笔的人也因此只好更投机，欺骗。即有不愿意欺骗的人，为生计所压迫，也总不免比较的粗制滥造，增出些先前所没有的缺点来。走过租界的住宅区邻近的马路，三间门面的水果店，晶莹的玻璃窗里是鲜红的苹果，通黄的香蕉，还有不知名的热带的果物。但略站一下就知道：这地方，中国人是很少进去的，买不起。我们大抵只好到同胞摆的水果摊上去，化几文钱买一个烂苹果。

苹果一烂，比别的水果更不好吃，但是也有人买的，不过我们另外还有一种相反的脾气：首饰要"足赤"，人物要"完人"。一有缺点，有时就全部都不要了。爱人身上生几个疮，固然不至于就请律师离婚，但对于作者，作品，译品，却总归比较的严紧，萧伯纳坐了大船，不好；巴比塞不算第一个作家，也不好；译者是"大学教授，下职官员"，更不好。好的又不出来，怎么办呢？我想，还是请批评家用吃烂苹果的方法,来救一救急罢。

我们先前的批评法,是说,这苹果有烂疤了,要不得,一下子抛掉。然而买者的金钱有限,岂不是大冤枉,而况此后还要穷下去。所以,此后似乎最好还是添几句,倘不是穿心烂,就说:这苹果有着烂疤了,然而这几处没有烂,还可以吃得。这么一办,译品的好坏是明白了,而读者的损失也可以小一点。

但这一类的批评,中国还不大有,即以《自由谈》所登的批评为例,对于《二十世纪之欧洲文学》,就是专指烂疤的;记得先前有一篇批评邹韬奋先生所编的《高尔基》的短文,除掉指出几个缺点之外,也没有别的话。前者我没有看过,说不出另外可有什么可取的地方,但后者却曾经翻过一遍,觉得除批评者所指摘的缺点之外,另有许多记载作者的勇敢的奋斗,胥吏的卑劣的阴谋,是很有益于青年作家的,但也因为有了烂疤,就被抛在筐子外面了。

所以,我又希望刻苦的批评家来做剜烂苹果的工作,这正如"拾荒"一样,是很辛苦的,但也必要,而且大家有益的。

九月十一日。

新秋杂识（三）

旅隼

"秋来了！"

秋真是来了，晴的白天还好，夜里穿着洋布衫就觉得凉飕飕。报章上满是关于"秋"的大小文章：迎秋，悲秋，哀秋，责秋……等等。为了趋时，也想这么的做一点，然而总是做不出。我想，就是想要"悲秋"之类，恐怕也要福气的，实在令人羡慕得很。

记得幼小时，有父母爱护着我的时候，最有趣的是生点小毛病，大病却生不得，既痛苦，又危险的。生了小病，懒懒的躺在床上，有些悲凉，又有些娇气，小苦而微甜，实在好像秋的诗境。呜呼哀哉，自从流落江湖以来，灵感卷逃，连小病也不生了。偶然看看文学家的名文，说是秋花为之惨容，大海为之沉默云云，只是愈加感到自己的麻木。我就从来没有见过秋花为了我在悲哀，忽然变了颜色；只要有风，大海是总在呼啸的，不管我爱闹还是爱静。

冰莹女士的佳作告诉我们："晨是学科学的，但在这一刹那，完全忘掉了他的志趣，存在他脑海中的只有一个尽量地享受自然美景的目的。……"这也是一种福气。科学我学的很浅，只读过一本生物学教科书，但是，它那些教训，花是植物的生殖机关呀，虫鸣鸟唪，是在求偶呀之类，就完全忘不掉。昨夜闲逛荒场，听到蟋蟀在野菊花下鸣叫，觉得好像是美景，诗兴勃发，就做了两句新诗——

野菊的生殖器下面，
蟋蟀在吊膀子。

写出来一看，虽然比粗人们所唱的俚歌要高雅一些，而对于新诗人的由"烟士披离纯"而来的诗，还是"相形见绌"。写得太科学，太真实，就不雅了，如果改作旧诗，也许不至于这样。生殖机关，用严又陵先生译法，可以谓之"性官"；"吊膀子"呢，我自己就不懂那语源，但据老于上海者说，这是因西洋人的男女挽臂同行而来的，引伸为诱惑或追求异性的意思。吊者，挂也，亦即相挟持。那么，我的诗就译出来了——

野菊性官下，
鸣蛋在悬肘。

虽然很有些费解，但似乎也雅得多，也就是好得多。人们不懂，所以雅，也就是所以好，现在也还是一个做文豪的秘诀呀。质之"新诗人"邵洵美先生之流，不知以为何如？

九月十四日。

礼

苇 索

看报,是有益的,虽然有时也沉闷。便如罢,中国是世界上国耻纪念最多的国家,到这一天,报上照例得有几块记载,几篇文章。但这事真也闹得太重叠,太长久了,就很容易千篇一律,这一回可用,下一回也可用,去年用过了,明年也许还可用,只要没有新事情。即使有了,成文恐怕也仍然可以用,因为反正总只能说这几句话。所以倘不是健忘的人,就会觉得沉闷,看不出新的启示来。

然而我还是看。今天偶然看见北京追悼抗日英雄邓文的记事,首先是报告,其次是演讲,最末,是"礼成,奏乐散会"。

我于是得了新的启示:凡纪念,"礼"而已矣。

中国原是"礼义之邦",关于礼的书,就有三大部,连在外国也译出了,我真特别佩服《仪礼》的翻译者。事君,现在可以不谈了;事亲,当然要尽孝,但殁后的办法,则已归入祭礼中,各有仪,就是现在的拜忌日,做阴寿之类。新的忌日添出来,旧的忌日就淡一点,"新鬼大,故鬼小"也。我们的纪念日也是对于旧的几个比较的不起劲,而新的几个之归于淡漠,则只好以俟将来,和人家的拜忌辰是一样的。有人说,中国的国家以家族为基础,真是有识见。

中国又原是"礼让为国"的,既有礼,就必能让,而愈能让,礼也就愈繁了。总之,这一节不说也罢。

古时候,或以黄老治天下,或以孝治天下。现在呢,恐怕是入于以礼治天下的时期了,明乎此,就知道责备民众的对于纪念日的淡漠是错的,《礼》曰:"礼不下庶人";舍不得物质上的什么东西也是错的,孔子不云乎:"赐也尔爱其羊,我爱其礼!"

"非礼勿视,非礼勿听,非礼勿言,非礼勿动",静静的等着别人的"多行不义,必自毙",礼也。

九月二十日。

打听印象

桃椎

五四运动以后,好像中国人就发生了一种新脾气,是:倘有外国的名人或阔人新到,就喜欢打听他对于中国的印象。

罗素到中国讲学,急进的青年们开会欢宴,打听印象。罗素道:"你们待我这么好,就是要说坏话,也不好说了。"急进的青年愤愤然,以为他滑头。

萧伯纳周游过中国,上海的记者群集访问,又打听印象。萧道:"我有什么意见,与你们都不相干。假如我是个武人,杀死个十万条人命,你们才会尊重我的意见。"革命家和非革命家都愤愤然,以为他刻薄。

这回是瑞典的卡尔亲王到上海了,记者先生也发表了他的印象:"……足迹所经,均蒙当地官民殷勤招待,感激之余,异常愉快。今次游览观感所得,对于贵国政府及国民,有极度良好之印象,而永远不能磨灭者也。"这最稳妥,我想,是不至于招出什么是非来的。

其实是,罗萧两位,也还不算滑头和刻薄的,假如有这么一个外国人,遇见有人问他印象时,他先反问道:"你先生对于自己中国的印象怎么样?"那可真是一篇难以下笔的文章。

我们是生长在中国的,倘有所感,自然不能算"印象";但意见也好;而意见又怎么说呢?说我们像浑水里的鱼,活得胡里胡涂,莫名其妙罢,不像意见。说中国好得很罢,恐怕也难。这就是爱国者所悲痛的所谓"失掉了国民的自信",然而实在也好像失掉了,向各人打听印象,就恰如求签问卜,自己心里先自狐疑着了的缘故。

我们里面,发表意见的固然也有的,但常见的是无拳无勇,未曾"杀死十万条人命",倒是自称"小百姓"的人,所以那意见也无人"尊重",也就是和大家"不相干"。至于有位有势的大人物,则在野时候,也许是很急进的罢,但现在呢,一声不响,中国"待我这么好,就是要说坏话,也不好说了"。看当时欢宴罗素,而愤愤于他那答话的由新潮社而发迹的诸公的现在,实在令人觉得罗素并非滑头,倒是一个先知的讽刺家,将十年后的心思豫先说去了。

这是我的印象,也算一篇拟答案,是从外国人的嘴上抄来的。

九月二十日。

吃　教

丰之余

达一先生在《文统之梦》里，因刘勰自谓梦随孔子，乃始论文，而后来做了和尚，遂讥其"贻羞往圣"。其实是中国自南北朝以来，凡有文人学士，道士和尚，大抵以"无特操"为特色的。晋以来的名流，每一个人总有三种小玩意，一是《论语》和《孝经》，二是《老子》，三是《维摩诘经》，不但采作谈资，并且常常做一点注解。唐有三教辩论，后来变成大家打诨；所谓名儒，做几篇伽蓝碑文也不算什么大事。宋儒道貌岸然，而窃取禅师的语录。清呢，去今不远，我们还可以知道儒者的相信《太上感应篇》和《文昌帝君阴骘文》，并且会请和尚到家里时拜忏。

耶稣教传入中国，教徒自以为信教，而教外的小百姓却都叫他们是"吃教"的。这两个字，真是提出了教徒的"精神"，也可以包括大多数的儒释道教之流的信者，也可以移用于许多"吃革命饭"的老英雄。

清朝人称八股文为"敲门砖"，因为得到功名，就如打开了门，砖即无用。近年则有杂志上的所谓"主张"。《现代评论》之出盘，不是为了迫压，倒因为这派作者的飞腾；《新月》的冷落，是老社员都"爬"了上去，和月亮距离远起来了。这种东西，我们为要和"敲门砖"区别，称之为"上天梯"罢。

"教"之在中国，何尝不如此。讲革命，彼一时也；讲忠孝，又一时也；跟大拉嘛打圈子，又一时也；造塔藏主义，又一时也。有宜于专吃的时代，则指归应定于一尊，有宜合吃的时代，则诸教亦本非异致,不过一碟是全鸭,一碟是杂拌儿而已。刘勰亦然,盖仅由"不撤姜食"一变而为吃斋,于胃脏里的分量原无差别,何况以和尚而注《论语》《孝经》或《老子》,也还是不失为一种"天经地义"呢?

九月二十七日。

喝 茶

丰之余

某公司又在廉价了,去买了二两好茶叶,每两洋二角。开首泡了一壶,怕它冷得快,用棉袄包起来,却不料郑重其事的来喝的时候,味道竟和我一向喝着的粗茶差不多,颜色也很重浊。

我知道这是自己错误了,喝好茶,是要用盖碗的,于是用盖碗。果然,泡了之后,色清而味甘,微香而小苦,确是好茶叶。但这是须在静坐无为的时候的,当我正写着《吃教》的中途,拉来一喝,那好味道竟又不知不觉的滑过去,像喝着粗茶一样了。

有好茶喝,会喝好茶,是一种"清福"。不过要享这"清福",首先就须有工夫,其次是练习出来的特别的感觉。由这一极琐屑的经验,我想,假使是一个使用筋力的工人,在喉干欲裂的时候,那么,即使给他龙井芽茶,珠兰窨片,恐怕他喝起来也未必觉得和热水有什么大区别罢。所谓"秋思",其实也是这样的,骚人墨客,会觉得什么"悲哉秋之为气也",风雨阴晴,都给他一种刺戟,一方面也就是一种"清福",但在老农,却只知道每年的此际,就要割稻而已。

于是有人以为这种细腻锐敏的感觉,当然不属于粗人,这是上等人的牌号。然而我恐怕也正是这牌号就要倒闭的先声。我们有痛觉,一方面是使我们受苦的,而一方面也使我们能够自卫。假如没有,则即使背上被人刺了一尖刀,也将茫无知觉,直到血尽倒地,自己还不明白为什么倒地。但这痛觉如果细腻锐敏起来呢,则不但衣服上有一根小刺就觉得,连衣服上的接缝,线结,布毛都要觉得,倘不穿"无缝天衣",他便要终日如芒刺在身,活不下去了。

但假装锐敏的,自然不在此例。

感觉的细腻和锐敏,较之麻木,那当然算是进步的,然而以有助于生命的进化为限。如果不相干,甚而至于有碍,那就是进化中的病态,不久就要收梢。我们试将享清福,抱秋心的雅人,和破衣粗食的粗人一比较,就明白究竟是谁活得下去。喝过茶,望着秋天,我于是想:不识好茶,没有秋思,倒也罢了。

九月三十日。

禁用和自造

孺　牛

　　据报上说，因为铅笔和墨水笔进口之多，有些地方已在禁用，改用毛笔了。

　　我们且不说飞机大炮，美棉美麦，都非国货之类的迂谈，单来说纸笔。

　　我们也不说写大字，画国画的名人，单来说真实的办事者。在这类人，毛笔却是很不便当的。砚和墨可以不带，改用墨汁罢，墨汁也何尝有国货。而且据我的经验，墨汁也并非可以常用的东西，写过几千字，毛笔便被胶得不能施展。倘若安砚磨墨，展纸舐笔，则即以学生的抄讲义而论，速度恐怕总要比用墨水笔减少三分之一，他只好不抄，或者要教员讲得慢，也就是大家的时间，被白费了三分之一了。

　　所谓"便当"，并不是偷懒，是说在同一时间内，可以由此做成较多的事情。这就是节省时间，也就是使一个人的有限的生命，更加有效，而也即等于延长了人的生命。古人说，"非人磨墨墨磨人"，就在悲愤人生之消磨于纸墨中，而墨水笔之制成，是正可以弥这缺憾的。

　　但它的存在，却必须在宝贵时间，宝贵生命的地方。中国不然，这当然不会是国货。进出口货，中国是有了帐簿的了，人民的数目却还没有一本帐簿。一个人的生养教育，父母化去的是多少物力和气力呢，而青年男女，每每不知所终，谁也不加注意。区区时间，当然更不成什么问题了，能活着弄弄毛笔的，或者倒是幸福也难说。

和我们中国一样,一向用毛笔的,还有一个日本。然而在日本,毛笔几乎绝迹了,代用的是铅笔和墨水笔,连用这些笔的习字帖也很多,为什么呢?就因为这便当,省时间。然而他们不怕"漏卮"么?不,他们自己来制造,而且还要运到中国来。

优良而非国货的时候,中国禁用,日本仿造,这是两国截然不同的地方。

九月三十日。

看变戏法

游 光

我爱看"变戏法"。

他们是走江湖的,所以各处的戏法都一样。为了敛钱,一定有两种必要的东西:一只黑熊,一个小孩子。

黑熊饿得真瘦,几乎连动弹的力气也快没有了。自然,这是不能使它强壮的,因为一强壮,就不能驾驭。现在是半死不活,却还要用铁圈穿了鼻子,再用索子牵着做戏。有时给吃一点东西,是一小块水泡的馒头皮,但还将勺子擎得高高的,要它站起来,伸头张嘴,许多工夫才得落肚,而变戏法的则因此集了一些钱。

这熊的来源,中国没有人提到过。据西洋人的调查,说是从小时候,由山里捉来的;大的不能用,因为一大,就总改不了野性。但虽是小的,也还须"训练",这"训练"的方法,是"打"和"饿";而后来,则是因虐待而死亡。我以为这话是的确的,我们看它还在活着做戏的时候,就瘪得连熊气息也没有了,有些地方,竟称之为"狗熊",其被蔑视至于如此。

孩子在场面上也要吃苦,或者大人踏在他肚子上,或者将他的两手扭过来,他就显出很苦楚,很为难,很吃重的相貌,要看客解救。六个,五个,再四个,三个……而变戏法的就又集了一些钱。

他自然也曾经训练过,这苦痛是装出来的,和大人串通的勾当,不过也无碍于赚钱。

下午敲锣开场,这样的做到夜,收场,看客走散,有化了钱的,有终于不化钱的。

每当收场,我一面走,一面想:两种生财家伙,一种是要被虐待至死的,再寻幼小的来;一种是大了之后,另寻一个小孩子和一只小熊,仍旧来变照样的戏法。

事情真是简单得很,想一下,就好像令人索然无味。然而我还是常常看。此外叫我看什么呢,诸君?

十月一日。

双十怀古

——民国二二年看十九年秋

史癖

小　引

　　要做"双十"的循例的文章，首先必须找材料。找法有二，或从脑子里，或从书本中。我用的是后一法。但是，翻完《描写字典》，里面无之；觅遍《文章作法》，其中也没有。幸而"吉人自有天相"，竟在破纸堆里寻出一卷东西来，是中华民国十九年十月三日到十日的上海各种大报小报的拔萃。去今已经整整的三个年头来了，剪贴着做什么用的呢，自己已经记不清；莫非就给我今天做材料的么，一定未必是。但是，"废物利用"——既经检出，就抄些目录在这里罢。不过为节省篇幅计，不再注明广告，记事，电报之分，也略去了报纸的名目，因为那些文字，大抵是各报都有的。

　　看了什么用呢？倒也说不出。倘若一定要我说，那就说是譬如看自己三年前的照相罢。

十月三日

江湾赛马。
中国红十字会筹募湖南辽西各省急振。
中央军克陈留。
辽宁方面筹组副司令部。

礼县土匪屠城。
六岁女孩受孕。
辛博森伤势沉重。
汪精卫到太原。
卢兴邦接洽投诚。
加派师旅入赣剿共。
裁厘展至明年一月。
墨西哥拒侨胞,五十六名返国。
墨索里尼提倡艺术。
谭延闿轶事。
战士社代社员征婚。

十月四日

齐天大舞台始创杰构积极改进《西游记》,准中秋节开幕。
前进的,民族主义的,唯一的,文艺刊物《前锋月刊》创刊号准双十节出版。
空军将再炸邕。
剿匪声中一趣史。

十月五日

蒋主席电国府请大赦政治犯。
程艳秋登台盛况。
卫乐园之保证金。

十月六日

樊迪文讲演小记。
诸君阅至此,请虔颂南无阿弥陀佛……

大家错了,中秋是本月六日。
查封赵戴文财产问题。
鄂省党部祝贺克复许汴。
取缔民间妄用党国旗。

十月七日

响应政府之廉洁运动。
津浦全线将通车。
平津党部行将恢复。
法轮殴毙栈伙交涉。
王士珍举殡记。
冯阎部下全解体。
湖北来凤苗放双穗。
冤魂为厉,未婚夫索命。
鬼击人背。

十月八日

闽省战事仍烈。
八路军封锁柳州交通。
安德思考古队自蒙古返北平。
国货时装展览。
哄动南洋之萧信庵案。
学校当注重国文论。
追记郑州飞机劫。
谭宅挽联择尤录。
汪精卫突然失踪。

十月九日

西北军已解体。
外部发表英退庚款换文。
京卫戍部枪决人犯。
辛博森渐有起色。
国货时装展览。
上海空前未有之跳舞游艺大会。

十月十日

举国欢腾庆祝双十。
叛逆削平,全国欢祝国庆,蒋主席昨凯旋参与盛典。
津浦路暂仍分段通车。
首都枪决共犯九名。
林埭被匪洗劫。
老陈圩匪祸惨酷。
海盗骚扰丰利。
程艳秋庆祝国庆。
蒋丽霞不忘双十。
南昌市取缔赤足。
伤兵怒斥孙祖基。
今年之双十节,可欣可贺,尤甚从前。

结语

我也说"今年之双十节,可欣可贺,尤甚从前"罢。
十月一日。

附记:这一篇没有能够刊出,大约是被谁抽去了的,盖双十盛典,"伤今"固难,"怀古"也不易了。

十月十三日。

重三感旧
——一九三三年忆光绪朝末

丰之余

我想赞美几句一些过去的人,这恐怕并不是"骸骨的迷恋"。

所谓过去的人,是指光绪末年的所谓"新党",民国初年,就叫他们"老新党"。甲午战败,他们自以为觉悟了,于是要"维新",便是三四十岁的中年人,也看《学算笔谈》,看《化学鉴原》;还要学英文,学日文,硬着舌头,怪声怪气的朗诵着,对人毫无愧色,那目的是要看"洋书",看洋书的缘故是要给中国图"富强",现在的旧书摊上,还偶有"富强丛书"出现,就如目下的"描写字典""基本英语"一样,正是那时应运而生的东西。连八股出身的张之洞,他托缪荃孙代做的《书目答问》也竭力添进各种译本去,可见这"维新"风潮之烈了。

然而现在是别一种现象了。有些新青年,境遇正和"老新党"相反,八股毒是丝毫没有染过的,出身又是学校,也并非国学的专家,但是,学起篆字来了,填起词来了,劝人看《庄子》《文选》了,信封也有自刻的印板了,新诗也写成方块了,除掉做新诗的嗜好之外,简直就如光绪初年的雅人一样,所不同者,缺少辫子和有时穿穿洋服而已。

近来有一句常谈,是"旧瓶不能装新酒"。这其实是不确的,旧瓶可以装新酒,新瓶也可以装旧酒,倘若不信,将一瓶五加皮和一瓶白兰地互换起来试试看,五加皮装在白兰地瓶子里,也还是五加皮。这一种简单的试验,不但明示着"五更调""攒十字"的格调,也可以放进新的内容去,且又证实了新式青年的躯壳里,大可以埋伏下"桐城谬种"或"选学妖孽"的喽啰。

"老新党"们的见识虽然浅陋，但是有一个目的：图富强。所以他们坚决，切实；学洋话虽然怪声怪气，但是有一个目的：求富强之术。所以他们认真，热心。待到排满学说播布开来，许多人就成为革命党了，还是因为要给中国图富强，而以为此事必自排满始。

排满久已成功，五四早经过去，于是篆字、词、《庄子》、《文选》、古式信封、方块新诗，现在是我们又有了新的企图，要以"古雅"立足于天地之间了。假使真能立足，那倒是给"生存竞争"添一条新例的。

十月一日。

"感旧"以后(上)

丰之余

又不小心,感了一下子旧,就引出了一篇施蛰存先生的《〈庄子〉与〈文选〉》来,以为我那些话,是为他而发的,但又希望并不是为他而发的。

我愿意有几句声明:那篇《感旧》,是并非为施先生而作的,然而可以有施先生在里面。

倘使专对个人而发的话,照现在的摩登文例,应该调查了对手的籍贯,出身,相貌,甚而至于他家乡有什么出产,他老子开过什么铺子,影射他几句才算合式。我的那一篇里可是毫没有这些的。内中所指,是一大队遗少群的风气,并不指定着谁和谁;但也因为所指的是一群,所以被触着的当然也不会少,即使不是整个,也是那里的一肢一节,即使并不永远属于那一队,但有时是属于那一队的。现在施先生自说了劝过青年去读《庄子》与《文选》,"为文学修养之助",就自然和我所指摘的有点相关,但以为这文为他而作,却诚然是"神经过敏",我实在并没有这意思。

不过这是在施先生没有说明他的意见之前的话,现在却连这"相关"也有些疏远了,因为我所指摘的,倒是比较顽固的遗少群,标准还要高一点。

现在看了施先生自己的解释,(一)才知道他当时的情形,是因为稿纸太小了,"倘再宽阔一点的话",他"是想多写几部书进去的";(二)才知道他先前的履历,是"从国文教员转到编杂志",觉得"青年人的文章太拙直,字汇太少"了,所以推举了这两部古书,使他们去学文法,寻字汇,"虽然其中有许多字是已死了的"，然而也只好去寻觅。我想，假如庄子生在今日，则被劈棺之后，恐怕要劝一切有志于结婚的女子，都去看《烈女传》的罢。

还有一点另外的话——

（一）施先生说我用瓶和酒来比"文学修养"是不对的，但我并未这么比方过，我是说有些新青年可以有旧思想，有些旧形式也可以藏新内容。我也以为"新文学"和"旧文学"这中间不能有截然的分界，然而有蜕变，有比较的偏向，而且正因为不能以"何者为分界"，所以也没有了"第三种人"的立场。

（二）施先生说写篆字等类，都是个人的事情，只要不去勉强别人也做一样的事情就好，这似乎是很对的。然而中学生和投稿者，是他们自己个人的文章太拙直，字汇太少，却并没有勉强别人都去做字汇少而文法拙直的文章，施先生为什么竟大有所感，因此来劝"有志于文学的青年"该看《庄子》与《文选》了呢？做了考官，以词取士，施先生是不以为然的，但一做教员和编辑，却以《庄子》与《文选》劝青年，我真不懂这中间有怎样的分界。

（三）施先生还举出一个"鲁迅先生"来，好像他承接了庄子的新道统，一切文章，都是读《庄子》与《文选》读出来的一般。"我以为这也有点武断"的。他的文章中，诚然有许多字为《庄子》与《文选》中所有，例如"之乎者也"之类，但这些字眼，想来别的书上也不见得没有罢。再说得露骨一点，则从这样的书里去找活字汇，简直是胡涂虫，恐怕施先生自己也未必。

十月十二日。

【备考】：

《庄子》与《文选》

施蛰存

上个月《大晚报》的编辑寄了一张印着表格的邮片来，要我填注两项：（一）目下在读什么书，（二）要介绍给青年的书。

在第二项中，我写着：《庄子》，《文选》，并且附加了一句注脚："为青年文学修养之助。"

今天看见《自由谈》上丰之余先生的《感旧》一文，不觉有点神经过敏起来，以为丰先生这篇文章是为我而作的了。

但是现在我并不想对于丰先生有什么辩难，我只想趁此机会替自己作一个解释。

第一，我应当说明我为什么希望青年人读《庄子》和《文选》。近数年来，我的生活，从国文教师转到编杂志，与青年人的文章接触的机会实在太多了。我总感觉到这些青年人的文章太拙直，字汇太少，所以在《大晚报》编辑寄来的狭狭的行格里推荐了这两部书。我以为从这两部书中可以参悟一点做文章的方法，同时也可以扩大一点字汇（虽然其中有许多字是已死了的）。但是我当然并不希望青年人都去做《庄子》，《文选》一类的"古文"。

第二，我应当说明我只是希望有志于文学的青年能够读一读这两部书。我以为每一个文学者必须要有所借于他上代的文学，我不懂得"新文学"和"旧文学"这中间究竟是以何者为分界的。在文学上，我以为"旧瓶装新酒"与"新瓶装旧酒"这譬喻是不对的。倘若我们把一个人的文学修养比之为酒，那么我们可以这样说：酒瓶的新旧没有关系，但这酒必须是酿造出来的。

我劝文学青年读《庄子》与《文选》，目的在要他们"酿造"，倘若《大晚报》编辑寄来的表格再宽阔一点的话，我是想再多写几部书进去的。

这里，我们不妨举鲁迅先生来说，像鲁迅先生那样的新文学家，似乎可以算是十足的新瓶了。但是他的酒呢？纯粹的白兰地吗？我就不能相信。没有经过古文学的修养，鲁迅先生的新文章决不会写到现在那样好。所以，我敢说：在鲁迅先生那样的瓶子里，也免不了有许多五加皮或绍兴老酒的成分。

至于丰之余先生以为写篆字，填词，用自刻印板的信封，都是不出身于学校，或国学专家们的事情，我以为这也有点武断。这些其实只是个人的事情，如果写篆字的人，不以篆字写信，如果填词的人做了官不以词取士，如果用自刻印板信封的人不勉强别人也去刻一个专用信封，那也无须丰先生口诛笔伐地去认为"谬种"和

"妖孽"了。

　　新文学家中，也有玩木刻，考究版本，收罗藏书票，以骈体文为白话书信作序，甚至写字台上陈列了小摆设的，照丰先生的意见说来，难道他们是"要以'今雅'立足于天地之间"吗？我想他们也未必有此企图。

　　临了，我希望丰先生那篇文章并不是为我而作的。

十月八日，《*自由谈*》。

"感旧"以后(下)

丰之余

还要写一点。但得声明在先,这是由施蛰存先生的话所引起,却并非为他而作的。对于个人,我原稿上常是举出名字来,然而一到印出,却往往化为"某"字,或是一切阔人姓名,危险字样,生殖机关的俗语的共同符号"××"了。我希望这一篇中的有几个字,没有这样变化,以免误解。

我现在要说的是:说话难,不说亦不易。弄笔的人们,总要写文章,一写文章,就难免惹灾祸,黄河的水向薄弱的堤上攻,于是露臂膊的女人和写错字的青年,就成了嘲笑的对象了,他们也真是无拳无勇,只好忍受,恰如乡下人到上海租界,除了拚出被称为"阿木林"之外,没有办法一样。

然而有些是冤枉的,随手举一个例,就是登在《论语》二十六期上的刘半农先生"自注自批"的《桐花芝豆堂诗集》这打油诗。北京大学招考,他是阅卷官,从国文卷子上发见一个可笑的错字,就来做诗,那些人被挖苦得真是要钻地洞,那些刚毕业的中学生。自然,他是教授,凡所指摘,都不至于不对的,不过我以为有些却还可有磋商的余地。集中有一个"自注"道——

"有写'倡明文化'者,余曰:倡即'娼'字,凡文化发达之处,娼妓必多,谓文化由娼妓而明,亦言之成理也。"

娼妓的娼,我们现在是不写作"倡"的,但先前两字通用,大约刘先生引据的是古书。不过要引古书,我记得《诗经》里有一句"倡予和女",好像至今还没有人解作"自己也做了婊子来应和别人"的意思。所以那一个错字,错而已矣,可笑可鄙却不属于它的。还有一句是——

"幸'萌科学思想之芽'。"

"萌"字和"芽"字旁边都加着一个夹圈,大约是指明着可笑之处在这里的罢,但我以为"萌芽","萌蘖",固然是一个名词,而"萌动","萌发",就成了动词,将"萌"字作动词用,似乎也并无错误。

五四运动时候,提倡(刘先生或者会解作"提起婊子"来的罢)白话的人们,写错几个字,用错几个古典,是不以为奇的,但因为有些反对者说提倡白话者都是不知古书,信口胡说的人,所以往往也做几句古文,以塞他们的嘴。但自然,因为从旧垒中来,积习太深,一时不能摆脱,因此带着古文气息的作者,也不能说是没有的。

当时的白话运动是胜利了,有些战士,还因此爬了上去,但也因为爬了上去,就不但不再为白话战斗,并且将它踏在脚下,拿出古字来嘲笑后进的青年了。因为还正在用古书古字来笑人,有些青年便又以看古书为必不可省的工夫,以常用文言的作者为应该模仿的格式,不再从新的道路上去企图发展,打出新的局面来了。

现在有两个人在这里:一个是中学生,文中写"留学生"为"流学生",错了一个字;一个是大学教授,就得意洋洋的做了一首诗,曰:"先生犯了弥天罪,罚往西天把学流,应是九流加一等,面筋熬尽一锅油。"我们看罢,可笑是在哪一面呢?

十月十二日。

黄　祸

尤　刚

现在的所谓"黄祸",我们自己是在指黄河决口了,但三十年之前,并不如此。

那时是解作黄色人种将要席卷欧洲的意思的,有些英雄听到了这句话,恰如听得被白人恭维为"睡狮"一样,得意了好几年,准备着去做欧洲的主子。

不过"黄祸"这故事的来源,却又和我们所幻想的不同,是出于德皇威廉的。他还画了一幅图,是一个罗马装束的武士,在抵御着由东方西来的一个人,但那人并不是孔子,倒是佛陀,中国人实在是空欢喜。所以我们一面在做"黄祸"的梦,而有一个人在德国治下的青岛所见的现实,却是一个苦孩子弄脏了电柱,就被白色巡捕提着脚,像中国人的对付鸭子一样,倒提而去了。

现在希特拉的排斥非日耳曼民族思想,方法是和德皇一样的。

德皇的所谓"黄祸",我们现在是不再梦想了,连"睡狮"也不再提起,"地大物博,人口众多",文章上也不很看见。倘是狮子,自夸怎样肥大是不妨事的,但如果是一口猪或一匹羊,肥大倒不是好兆头。我不知道我们自己觉得现在好像是什么了?

我们似乎不再想,也寻不出什么"象征"来,我们正在看海京伯的猛兽戏,赏鉴狮虎吃牛肉,听说每天要吃一只牛。我们佩服国联的制裁日本,我们也看不起国联的不能制裁日本;我们赞成军缩的"保护和平",我们也佩服希特拉的退出军缩;我们怕别国要以中国作战场,我们也憎恶非战大会。我们似乎依然是"睡狮"。

"黄祸"可以一转而为"福",醒了的狮子也会做戏的。当欧洲大战时,我们有替人拚命的工人,青岛被占了,我们有可以倒提的孩子。

但倘说,二十世纪的舞台上没有我们的份,是不合理的。

十月十七日。

冲

旅 隼

"推"和"踢"只能死伤一两个,倘要多,就非"冲"不可。

十三日的新闻上载着贵阳通信说,"九一八"纪念,各校学生集合游行,教育厅长谭星阁临事张皇,乃派兵分据街口,另以汽车多辆,向行列冲去,于是发生惨剧,死学生二人,伤四十余,其中以正谊小学学生为最多,年仅十龄上下耳。……

我先前只知道武将大抵通文,当"枕戈待旦"的时候,就会做骈体电报,这回才明白虽是文官,也有深谙韬略的了。田单曾经用过火牛,现在代以汽车,也确是二十世纪。

"冲"是最爽利的战法,一队汽车,横冲直撞,使敌人死伤在车轮下,多么简截;"冲"也是最威武的行为,机关一扳,风驰电掣,使对手想回避也来不及,多么英雄。各国的兵警,喜欢用水龙冲,俄皇曾用哥萨克马队冲,都是快举。各地租界上我们有时会看见外国兵的坦克车在出巡,这就是倘不恭顺,便要来冲的家伙。

汽车虽然并非冲锋的利器,但幸而敌人却是小学生,一匹疲驴,真上战场是万万不行的,不过在嫩草地上飞跑,骑士坐在上面喑呜叱咤,却还很能胜任愉快,虽然有些人见了,难免觉得滑稽。

十龄上下的孩子会造反,本来也难免觉得滑稽的。但我们中国是常出神童的地方,一岁能画,两岁能诗,七龄童做戏,十龄童从军,十几龄童做委员,原是常有的事实;连七八岁的女孩也会被凌辱,从别人看来,是等于"年方花信"的了。

况且"冲"的时候,倘使对面是能够有些抵抗的人,那就汽车会弄得不爽利,冲者也就不英雄,所以敌人总须选得嫩弱。流氓欺乡下老,洋人打中国人,教育厅长冲小学生,都是善于克敌的豪杰。

"身当其冲",先前好像不过一句空话,现在却应验了,这应验不但在成人,而且到了小孩子。"婴儿杀戮"算是一种罪恶,已经是过去的事,将乳儿抛上空中去,接以枪尖,不过看作一种玩把戏的日子,恐怕也就不远了罢。

十月十七日。

"滑稽"例解

苇 索

研究世界文学的人告诉我们：法人善于机锋，俄人善于讽刺，英美人善于幽默。这大概是真确的，就都为社会状态所制限。概自语堂大师振兴"幽默"以来，这名词是很通行了，但一普遍，也就伏着危机，正如军人自称佛子，高官忽挂念珠，而佛法就要涅槃一样。倘若油滑，轻薄，猥亵，都蒙"幽默"之号，则恰如"新戏"之入"×世界"，必已成为"文明戏"也无疑。

这危险，就因为中国向来不大有幽默。只是滑稽是有的，但这和幽默还隔着一大段，日本人曾译"幽默"为"有情滑稽"，所以别于单单的"滑稽"，即为此。那么，在中国，只能寻得滑稽文章了？却又不。中国之自以为滑稽文章者，也还是油滑，轻薄，猥亵之谈，和真的滑稽有别。这"狸猫换太子"的关键，是在历来的自以为正经的言论和事实，大抵滑稽者多，人们看惯，渐渐以为平常，便将油滑之类，误认为滑稽了。

在中国要寻求滑稽，不可看所谓滑稽文，倒要看所谓正经事，但必须想一想。

这些名文是俯拾即是的，譬如报章上正正经经的题目，什么"中日交涉渐入佳境"呀，"中国到那里去"呀，就都是的，咀嚼起来，真如橄榄一样，很有些回味。

见于报章上的广告的，也有的是。我们知道有一种刊物，自说是"舆论界的新权威"，"说出一般人所想说而没有说的话"，而一面又在向别一种刊物"声明误会，表示歉意"，但又说是"按双方均为社会有声誉之刊物，自无互相攻讦之理"。"新权威"而善于"误会","误会"了而偏"有声誉","一般人所想说而没有说的话"却是误会和道歉:这要不笑,是必须不会思索的。

　　见于报章的短评上的,也有的是。例如九月间《自由谈》所载的《登龙术拾遗》上,以做富家女婿为"登龙"之一术,不久就招来了一篇反攻,那开首道:"狐狸吃不到葡萄,说葡萄是酸的,自己娶不到富妻子,于是对于一切有富岳家的人发生了妒嫉,妒嫉的结果是攻击。"这也不能想一下。一想"的结果",便分明是这位作者在表明他知道"富妻子"的味道是甜的了。

　　诸如此类的妙文,我们也尝见于冠冕堂皇的公文上:而且并非将它漫画化了的,却是它本身原来是漫画。《论语》一年中,我最爱看"古香斋"这一栏,如四川营山县长禁穿长衫令云:"须知衣服蔽体已足,何必前拖后曳,消耗布匹?且国势衰弱,……顾念时艰,后患何堪设想?"又如北平社会局禁女人养雄犬文云:"查雌女雄犬相处,非仅有碍健康,更易发生无耻秽闻,揆之我国礼义之邦,亦为习俗所不许。谨特通令严禁……凡妇女带养之雄犬,斩之无赦,以为取缔!"这那里是滑稽作家所能凭空写得出来的?

　　不过"古香斋"里所收的妙文,往往还倾于奇诡,滑稽却不如平淡,惟其平淡,也就更加滑稽,在这一标准上,我推选"甜葡萄"说。

十月十九日。

外国也有

符 灵

凡中国所有的,外国也都有。

外国人说中国多臭虫,但西洋也有臭虫;日本人笑中国人好弄文字,但日本人也一样的弄文字。不抵抗的有甘地;禁打外人的有希特拉;狄昆希吸鸦片;陀思妥夫斯基赌得发昏。斯惠夫德带枷,马克斯反动。林白大佐的儿子,就给绑匪绑去了。而裹脚和高跟鞋,相差也不见得有多么远。

只有外国人说我们不问公益,只知自利,爱金钱,却还是没法辩解。民国以来,有过许多总统和阔官了,下野之后,都是面团团的,或赋诗,或看戏,或念佛,吃着不尽,真也好像给批评者以证据。不料今天却被我发见了:外国也有的!

"十七日哈伐那电——避居加拿大之古巴前总统麦查度……在古巴之产业,计值八百万美元,凡能对渠担保收回此项财产者,无论何人,渠愿与以援助。又一消息,谓古巴政府已对麦及其旧僚属三十八人下逮捕令,并扣押渠等之财产,其数达二千五百万美元。……"

以三十八人之多,而财产一共只有这区区二千五百万美元,手段虽不能谓之高,但有些近乎发财却总是确凿的,这已足为我们的"上峰"雪耻。不过我还希望他们在外国买有地皮,在外国银行里另有存款,那么,我们和外人折冲樽俎的时候,就更加振振有辞了。

假使世界上只有一家有臭虫,而遭别人指摘的时候,实在也不大舒服的,但捉起来却也真费事。况且北京有一种学说,说臭虫是捉不得的,越捉越多。即使捉尽了,又有什么价值呢。不过一种消极的办法。最好还是希望别家也有臭虫,而竟发见了就更好。发见,这是积极的事业。哥仑布与爱迪生,也不过有了发见或发明而已。

与其劳心劳力,不如玩跳舞,喝咖啡。外国也有的,巴黎就有许多跳舞场和咖啡店。

即使连中国都不见了,也何必大惊小怪呢,君不闻迦勒底与马基顿乎?——外国也有的!

十月十九日。

扑 空

丰之余

自从《自由谈》上发表了我的《感旧》和施蛰存先生的《〈庄子〉与〈文选〉》以后,《大晚报》的《火炬》便在征求展开的讨论。首先征到的是施先生的一封信,题目曰《推荐者的立场》。注云"《庄子》与《文选》的论争"。

但施先生又并不愿意"论争",他以为两个人作战,正如弧光灯下的拳击手,无非给看客好玩。这是很聪明的见解,我赞成这一肢一节。不过更聪明的是施先生其实并非真没有动手,他在未说退场白之前,早已挥了几拳了。挥了之后,飘然远引,倒是最超脱的拳法。现在只剩下一个我了,却还得回一手,但对面没人也不要紧,我算是在打"逍遥游"。

施先生一开首就说我加以"训诲",而且派他为"遗少的一肢一节"。上一句是诬赖的,我的文章中,并未对于他个人有所劝告。至于指为"遗少的一肢一节",却诚然有这意思,不过我的意思,是以为"遗少"也并非怎么很坏的人物。新文学和旧文学中间难有截然的分界,施先生是承认的,辛亥革命去今不过二十二年,则民国人中带些遗少气,遗老气,甚而至于封建气,也还不算甚么大怪事,更何况如施先生自己所说,"虽然不敢自认为遗少,但的确已消失了少年的活力"的呢,过去的余气当然要有的。但是,只要自己知道,别人也知道,能少传授一点,那就好了。

我早经声明,先前的文字是并非专为他个人而作的,而且自看了《〈庄子〉与〈文选〉》之后,则连这"一肢一节"也已经疏远。为什么呢,因为在推荐给青年的几部书目上,还题出着别一个极有意味的问题：其中有一种是《颜氏家训》。这《家训》的作者，生当乱世，由齐入隋，一直是胡势大张的时候，他在那书里，也谈古典，论文章，儒士似的，却又归心于佛，而对于子弟，则愿意他们学鲜卑语，弹琵琶，以服事贵人——胡人。这也是庚子义和拳败后的达官，富翁，巨商，士人的思想，自己念佛，子弟却学些"洋务"，使将来可以事人：便是现在，抱这样思想的人恐怕还不少。而这颜氏的渡世法，竟打动了施先生的心了，还推荐于青年，算是"道德修养"。他又举出自己在读的书籍，是一部英文书和一部佛经，正为"鲜卑语"和《归心篇》写照。只是现代变化急速，没有前人的悠闲，新旧之争，又正剧烈，一下子看不出什么头绪，他就也只好将先前两代的"道德"，并萃于一身了。假使青年，中年，老年，有着这颜氏式道德者多，则在中国社会上，实是一个严重的问题，有荡涤的必要。自然，这虽为书目所引起，问题是不专在个人的，这是时代思潮的一部。但因为连带提出，表面上似有太关涉了某一个人之观，我便不敢论及了，可以和他相关的只有"劝人看《庄子》《文选》了"八个字，对于个人，恐怕还不能算是不敬的，但待到看了《〈庄子〉与〈文选〉》，却实在生了一点不敬之心，因为他辩驳的话比我所豫料的还空虚，但仍给以正经的答复，那便是《感旧以后》（上）。

然而施先生的写在看了《感旧以后》（上）之后的那封信，却更加证明了他和我所谓"遗少"的疏远。他虽然口说不来拳击，那第一段却全是对我个人而发的。现在介绍一点在这里，并且加以注解。

施先生说："据我想起来，劝青年看新书自然比劝他们看旧书能够多获得一些群众。"这是说，劝青年看新书的，并非为了青年，倒是为自己要多获些群众。

施先生说："我想借贵报的一角篇幅，将……书目改一下：我想把《庄子》与《文选》改为鲁迅先生的《华盖集》正续编及《伪自由书》。我想，鲁迅先生为当代'文坛老将'，他的著作里是有着很广大的活字汇的，而且据丰之余先生告诉我，鲁迅先生文章里的确也有一些从《庄子》与《文选》里出来的字眼，譬如'之乎者也'之类。这样，我想对于青年人的效果也是一样的。"这一大堆的话，是说，我之反对推荐《庄子》与《文选》，是因为恨他没有推荐《华盖集》正续编与《伪自由书》的缘故。

施先生说："本来我还想推荐一二部丰之余先生的著作，可惜坊间只有丰子恺先生的书，而没有丰之余先生的书，说不定他是像鲁迅先生印珂罗版木刻图一样的是私人精印本，属于罕见书之列，我很惭愧我的孤陋寡闻，未能推荐矣。"这一段话，有些语无伦次了，好像是说：我之反对推荐《庄子》与《文选》，是因为恨他没有推荐我的书，然而我又并无书，然而恨他不推荐，可笑之至矣。

这是"从国文教师转到编杂志"，劝青年去看《庄子》与《文选》，《论语》，《孟子》，《颜氏家训》的施蛰存先生，看了我的《感旧以后》（上）一文后，"不想再写什么"而终于写出来了的文章，辞退做"拳击手"，而先行拳击别人的拳法。但他竟毫不提主张看《庄子》与《文选》的较坚实的理由，毫不指出我那《感旧》与《感旧以后》（上）两篇中间的错误，他只有无端的诬赖，自己的猜测，撒娇，装傻。几部古书的名目一撕下，"遗少"的肢节也就跟着渺渺茫茫，到底是现出本相：明明白白的变了"洋场恶少"了。

十月二十日。

【备考】：

推荐者的立场
——《庄子》与《文选》之论争

施蛰存

万秋先生：

我在贵报向青年推荐了两部旧书，不幸引起了丰之余先生的训诲，把我派做"遗少中的一肢一节"。自从读了他老人家的《感旧以后》（上）一文后，我就不想再写什么，因为据我想起来，劝新青年看新书自然比劝他们看旧书能够多获得一些群众。丰之余先生毕竟是老当益壮，足为青年人的领导者。至于我呢，虽然不敢自认为遗少,但的确已消失了少年的活力,在这万象皆秋的环境中,即使丰之余先生那样的新精神,亦已不够振拔我的中年之感了。所以,我想借贵报一角篇幅,将我在九月二十九日贵报上发表的推荐给青年的书目改一下:我想把《庄子》与《文选》改为鲁迅先生的《华盖集》正续编及《伪自由书》。我想,鲁迅先生为当代"文坛老将",他的著作里是有着很广大的活字汇的,而且据丰之余先生告诉我,鲁迅先生文章里的确也有一些从《庄子》与《文选》里出来的字眼,譬如"之乎者也"之类。这样,我想对于青年人的效果也是一样的。本来我还想推荐一二部丰之余先生的著作,可惜坊间只有丰子恺先生的书,而没有丰之余先生的书,说不定他是像鲁迅先生印珂罗版木刻图一样的是私人精印本,属于罕见书之列,我很惭愧我的孤陋寡闻,未能推荐矣。

　　此外,我还想将丰之余先生介绍给贵报,以后贵报倘若有关于征求意见之类的计划,大可设法寄一份表格给丰之余先生,我想一定能够供给一点有价值的意见的。不过,如果那征求是与"遗少的一肢一节"有关系的话,那倒不妨寄给我。

　　看见昨天的贵报,知道你预备将这桩公案请贵报的读者来参加讨论。我不知能不能请求你取销这个计划。我常常想,两个人在报纸上作文字战,其情形正如弧光灯下的拳击手,而报纸编辑正如那赶来赶去的瘦裁判,读者呢,就是那些在黑暗里的无理智的看客。瘦裁判总希望拳击手一回合又一回合地打下去,直到其中的一个倒了下来,One,Two,Three……站不起来,于是跑到那喘着气的胜者身旁去,举起他的套大皮手套的膀子,高喊着"Mr. X Win the Champion."你试想想看,这岂不是太滑稽吗?现在呢,我不幸而自己做了这两个拳击手中间的一个,但是我不想为了瘦裁判和看客而继续扮演这滑稽戏了。并且也希望你不要做那瘦裁判。你不看见今天《自由谈》上止水先生的文章中引着那几句俗语吗?"舌头是扁的,说话是圆的",难道你以为从读者的讨论中会得有真是非产生出来呢?

施蛰存。十月十八日。

十月十九日,《大晚报》《火炬》。

《扑空》正误

丰之余

前几天写《扑空》的时候,手头没有书,涉及《颜氏家训》之外,仅凭记忆,后来怕有错误,设法觅得原书来查了一查,发现对于颜之推的记述,是我弄错了。其《教子篇》云:"齐朝有一士大夫,尝谓吾曰:我有一儿,年已十七,颇晓书疏,教其鲜卑语,及弹琵琶,稍欲通解,以此伏事公卿,无不宠爱,亦要事也。吾时俛而不答。异哉此人之教子也。若由此业,自致卿相,亦不愿汝曹为之。"

然则齐士的办法,是庚子以后官商士绅的办法,施蛰存先生却是合齐士与颜氏的两种典型为一体的,也是现在一部分的人们的办法,可改称为"北朝式道德",也还是社会上的严重的问题。

对于颜氏,本应该十分抱歉的,但他早经死去了,谢罪与否都不相干,现在只在这里对于施先生和读者订正我的错误。

十月二十五日。

突　围

施蛰存

（八）对于丰之余先生，我的确曾经"打了几拳"，这也许会成为我毕生的遗憾。但是丰先生作《扑空》，其实并未"空"，还是扑的我，站在丰先生那一方面（或者说站在正邪说那方面）的文章却每天都在"剿"我，而我却真有"一个人的受难"之感了。

但是，从《扑空》一文中我发现了丰先生的逻辑，他说"我早经声明，先前的文字并非专为他个人而发的"。

但下文却有"因为他辩驳的话比我所预料的还空虚"。不专为我而发，但已经预料我会辩驳，这又该作何解？

因为被人"指摘"了，我也觉得《庄子》与《文选》这两本书诚有不妥处，于是在给《大晚报》编辑的信里，要求他许我改两部新文学书，事实确是如此的。我并不说丰先生是恨我没有推荐这两部新文学书而"反对《庄子》与《文选》"的，而丰先生却说我存着这样的心思，这又岂是"有伦次"的话呢？

丰先生又把话题搭到《颜氏家训》，又搭到我自己正在读的两本书，并为一谈，说推荐《颜氏家训》是在教青年学鲜卑语，弹琵琶，以服事贵人，而且我还以身作则，在读一本洋书；说颜之推是"儒士似的，却又归心于佛"，因而我也看一本佛书；从丰先生的解释看起来，竟连我自己也失笑了，天下事真会这样巧！

我明明记得，《颜氏家训》中的确有一个故事，说有人教子弟学鲜卑语，学琵琶，但我还记得底下有一句："亦不愿汝曹为之"，可见颜之推并不劝子弟读外国书。今天丰先生有"正误"了，他把这故事更正了之后，却说："施蛰存先生却是合齐士与颜氏的两种典型为一体的。"这个，我倒不懂了，难道我另外还介绍过一本该"齐士"的著作给青年人吗？如果丰先生这逻辑是根据于"自己读外国书即劝人学鲜卑语"，那我也没话可说了。

丰先生似乎是个想为儒家争正统的人物，不然何以对于颜之推受佛教影响如此之鄙薄呢？何以对于我自己看一本《释迦传》如此之不满呢？这里，有两点可以题出来：（一）《颜氏家训》一书之价值是否因《归心篇》而完全可以抹杀？况且颜氏虽然为佛教张目，但他倒并不鼓吹出世，逃避现实，他也不过列举佛家与儒家有可以并行不悖之点，而采佛家报应之说，以补儒家道德教训之不足，这也可以说等于现在人引《圣经》或《可兰经》中的话一样。（二）我看一本《佛本行经》，其意义也等于看一本《谟罕默德传》或《基督传》，既无皈佛之心，更无劝人学佛之行，而丰先生的文章却说是我的"渡世法"，妙哉言乎，我不免取案头的一本某先生舍金上梓的《百喻经》而引为同志矣。

我以前对于丰先生，虽然文字上有点太闹意气，但的确还是表示尊敬的，但看到《扑空》这一篇，他竟骂我为"洋场恶少"了，切齿之声俨若可闻，我虽"恶"，却也不敢再恶到以相当的恶声相报了。我呢，套一句现成诗："十年一觉文坛梦，赢得洋场恶少名"。原是无足重轻，但对于丰先生，我想该是会得后悔的。今天读到《〈扑空〉正误》，则又觉得丰先生所谓"无端的诬赖，自己的猜测，撒娇，装傻"，又正好留着给自己"写照"了。

（附注）《大晚报》上那两个标题并不是我自己加的，我并无"立场"，也并不愿意因我之故而使《庄子》与《文选》这两部书争吵起来。

右答丰之余先生。二十七日。

十月三十一行，十一月一日，《自由谈》。

答"兼示"

丰之余

前几天写了一篇《扑空》之后,对于什么"《庄子》与《文选》"之类,本也不想再说了。第二天看见了《自由谈》上的施蛰存先生《致黎烈文先生书》,也是"兼示"我的,就再来说几句。因为施先生驳复我的三项,我觉得都不中肯——

(一)施先生说,既然"有些新青年可以有旧思想,有些旧形式也可以藏新内容",则像他似的"遗少之群中的一肢一节"的旧思想也可以存而不论,而且写《庄子》那样的古文也不妨了。自然,倘要这样写,也可以说"不妨"的,宇宙决不会因此破灭。但我总以为现在的青年,大可以不必舍白话不写,却另去熟读了《庄子》,学了它那样的文法来写文章。至于存而不论,那固然也可以,然而论及又有何妨呢?施先生对于青年之文法拙直,字汇少,和我的《感旧》,不是就不肯"存而不论"么?

(二)施先生以为"以词取士",和劝青年看《庄子》与《文选》有"强迫"与"贡献"之分,我的比例并不对。但我不知道施先生做国文教员的时候,对于学生的作文,是否以富有《庄子》文法与《文选》字汇者为佳文,转为编辑之后,也以这样的作品为上选?假使如此,则倘作"考官",我看是要以《庄子》与《文选》取士的。

(三)施先生又举鲁迅的话,说他曾经说过:一,"少看中国书,其结果不过不能作文而已。"可见是承认了要能作文,该多看中国书;二,"……我以为倘要弄旧的呢,倒不如姑且靠着张之洞的《书目答问》去摸门径去。"就知道没有反对青年读古书过。这是施先生忽略了时候和环境。他说一条的那几句的时候，正是许多人大叫要作白话文，也非读古书不可之际，所以那几句是针对他们而发的，犹言即使恰如他们所说，也不过不能作文，而去读古书，却比不能作文之害更大。至于二，则明明指定着研究旧文学的青年，和施先生的主张，涉及一般的大异。倘要弄中国上古文学史，我们不是还得看《易经》与《书经》么？

其实，施先生说当他填写那书目的时候，并不如我所推测那样的严肃，我看这话倒是真实的。我们试想一想，假如真有这样的一个青年后学，奉命惟谨，下过一番苦功之后，用了《庄子》的文法，《文选》的语汇，来写发挥《论语》《孟子》和《颜氏家训》的道德的文章，"这岂不是太滑稽吗"？

然而我的那篇《怀旧》是严肃的。我并非要"多获群众"，也不是因为恨施先生没有推荐《华盖集》正续编及《伪自由书》；更不是别有"动机"，例如因为做学生时少得了分数，或投稿时被没收了稿子，现在就借此来报私怨。

十月二十一日。

【备考】：

致黎烈文先生书
——兼示丰之余先生

施蛰存

烈文兄：

那天电车上匆匆一晤，我因为要到民九社书铺去买一本看中意了的书，所以在王家沙下车了。但那本书终于因价钱不合，没有买到，徒然失去了一个与你多谈一刻的机会，甚怅怅。

关于"《庄子》与《文选》"问题，我决不再想说什么话。本来我当时填写《大晚报》编辑部寄来的那张表格的时候，并不含有如丰先生的意见所看出来的那样严肃。我并不说每一个青年必须看这两部书，也不是说每一个青年只要看这两部书，也并不是说我只有这两部书想推荐。大概报纸副刊的编辑，想借此添一点新花样，而填写者也大都是偶然觉得有什么书不妨看看，就随手写下了。早知这一写竟会闯出这样大的文字纠纷来,即使《大晚报》副刊编者崔万秋先生给我磕头我也不肯写的。今天看见《涛声》第四十期上有一封曹聚仁先生给我的信,最后一句是:"没有比这两部书更有利于青年了吗?敢问。"这一问真问得我啼笑皆非了。(曹聚仁先生的信态度很真挚,我将有一封复信给他,也许他会得刊在《涛声》上,我希望你看一看。)

对于丰之余先生我也不愿再冒犯他,不过对于他在《感旧》(上)那一篇文章里三点另外的话觉得还有一点意见——

(一)丰先生说:"有些新青年可以有旧思想,有些旧形式也可以藏新内容。"是的,新青年尚且可以有旧思想,那么像我这种"遗少之群中的一肢一节"之有旧思想似乎也可以存而不论的了。至于旧形式也可以藏新内容,则似乎写《庄子》那样的古文也不妨,只要看它的内容如何罢了。

(二)丰先生说不懂我劝青年看《庄子》与《文选》与做了考官以词取士有何分界,这其实是明明有着分界的。前者是以一己的意见供献给青年,接受不接受原在青年的自由;后者却是代表了整个阶级(注:做官的阶级也),几乎是强迫青年全体去填词了。(除非这青年不想做官。)

(三)说鲁迅先生的文章是从《庄子》与《文选》中来的,这确然是滑稽的,我记得我没有说过那样的话。我的文章里举出鲁迅先生来作例,其意只想请不反对青年从古书求得一点文学修养的鲁迅先生来帮帮忙。鲁迅先生虽然一向是劝青年多读外国书的,但这是他以为从外国书中可以训练出思想新锐的青年来,至于像我那样给青年从做文章(或说文学修养)上着想,则鲁迅先生就没有反对青年读古书过。举两个证据来罢:一,"少看中国书,其结果不过不能作文而已。"(见北新版《华盖篇》第四页。)这可见鲁迅先生也承认要能作文,该多看中国书了。而这所谓中国书,从上文看来,似乎并不是指的白话文书。二,"我常被询问,要弄文学,应该看什么书?……我以为倘要弄旧的呢,倒不如姑且靠着张之洞的《书目答问》去摸门径去。"(见北新版《而已集》第四十五页。)

现在,我想我应该在这里"带住"了,我曾有一封信给《大晚报》副刊的编者,为了尊重丰之余先生的好意,我曾请求允许我换两部书介绍给青年。除了我还写一封信给曹聚仁先生之外,对于这"《庄子》与《文选》"的问题我没有要说的话了。我曾经在《自由谈》的壁上,看过几次的文字争,觉得每次总是愈争愈闹意气,而离本题愈远,甚至到后来有些参加者的动机都是可以怀疑的,我不想使自己不由自主地被卷入漩涡,所以我不再说什么话了。昨晚套了一个现成偈语:

此亦一是非　　彼亦一是非
唯无是非观　　庶几免是非

倘有人能写篆字者乎?颇想一求法挥,张之素壁。

施蛰存上(十九日)。
十月二十日,《申报》《自由谈》。

中国文与中国人

余 铭

最近出版了一本很好的翻译：高本汉著的《中国语和中国文》。高本汉先生是个瑞典人，他的真姓是珂罗倔伦（Karlgren）。他为什么"贵姓"高呢？那无疑的是因为中国化了。他的确对于中国语文学有很大的供献。

但是，他对于中国人似乎更有研究，因此，他很崇拜文言，崇拜中国字，以为对中国人是不可少的。

他说："近来——按高氏这书是一九二三年在伦敦出版的——某几种报纸，曾经试用白话，可是并没有多大的成功；因此也许还要触怒多数定报人，以为这样，就是讽示著他们不能看懂文言报呢！"

"西洋各国里有许多伶人，在他们表演中，他们几乎随时可以插入许多'打诨'，也有许多作者，滥引文书；但是大家都认这种是劣等的风味。这在中国恰好相反，正认为高妙的文雅而表示绝艺的地方。"

中国文的"含混的地方，中国人不但不因之感受了困难，反而愿意养成它。"

但高先生自己却因此受够了侮辱："本书的著者和亲爱的中国人谈话，所说给他的，很能完全了解；但是，他们彼此谈话的时候，他几乎一句也不懂。"这自然是那些"亲爱的中国人"在"讽示"他不懂上流社会的话。因为"外国人到了中国来，只要注意一点，他就可以觉得：他自己虽然熟悉了普通人的语言，而对于上流社会的谈话，还是莫名其妙的。"

于是他就说:"中国文字好像一个美丽可爱的贵妇,西洋文字好像一个有用而不美的贱婢。"

美丽可爱而无用的贵妇的"绝艺",就在于"插诨"的含混。这使得西洋第一等的学者,至多也不过抵得上中国的普通人,休想爬进上流社会里来。这样,我们"精神上胜利了"。为要保持这种胜利,必须有高妙文雅的字汇,而且要丰富!五四白话运动的"没有多大成功",原因大抵就在上流社会怕人讽示他们不懂文言。

虽然,"此亦一是非,彼亦一是非"——我们还是含混些好了。否则,反而要感受困难的。

十月二十五日。

野兽训练法

余　铭

最近还有极有益的讲演,是海京伯马戏团的经理施威德在中华学艺社的三楼上给我们讲"如何训练动物？"可惜我没福参加旁听,只在报上看见一点笔记。但在那里面,就已经够多着警辟的话了——

"有人以为野兽可以用武力拳头去对付它,压迫它,那便错了,因为这是从前野蛮人对付野兽的办法,现在训练的方法,便不是这样。"

"现在我们所用的方法,是用爱的力量,获取它们对于人的信任,用爱的力量,温和的心情去感动它们。……"

这一些话,虽然出自日耳曼人之口,但和我们圣贤的古训,也是十分相合的。用武力拳头去对付,就是所谓"霸道"。然而"以力服人者,非心服也",所以文明人就得用"王道",以取得"信任"："民无信不立"。

但是,有了"信任"以后,野兽可要变把戏了——

"教练者在取得它们的信任以后,然后可以从事教练它们了：第一步,可以使它们认清坐的,站的位置；再可以使它们跳浜,站起来……"

训兽之法,通于牧民,所以我们的古之人,也称治民的大人物曰"牧"。然而所"牧"者,牛羊也,比野兽怯弱,因此也就无须乎专靠"信任",不妨兼用着拳头,这就是冠冕堂皇的"威信"。

由"威信"治成的动物,"跳浜,站起来"是不够的,结果非贡献毛角血肉不可,至少是天天挤出奶汁来,——如牛奶,羊奶之流。

然而这是古法,我不觉得也可以包括现代。

施威德讲演之后,听说还有余兴,如"东方大乐"及"踢毽子"等,报上语焉不详,无从知道底细了,否则,我想,恐怕也很有意义。

十月二十七日。

反刍

元 艮

关于"《庄子》与《文选》"的议论,有些刊物上早不直接提起应否大家研究这问题,却拉到别的事情上去了。他们是在嘲笑那些反对《文选》的人们自己却曾做古文,看古书。

这真利害。大约就是所谓"以子之矛,攻子之盾"罢——对不起,"古书"又来了!

不进过牢狱的那里知道牢狱的真相。跟着阔人,或者自己原是阔人,先打电话,然后再去参观的,他只看见狱卒非常和气,犯人还可以用英语自由的谈话。倘要知道得详细,那他一定是先前的狱卒,或者是释放的犯人。自然,他还有恶习,但他教人不要钻进牢狱去的忠告,却比什么名人说模范监狱的教育卫生,如何完备,比穷人的家里好得多等类的话,更其可信的。

然而自己沾了牢狱气,据说就不能说牢狱坏,狱卒或囚犯,都是坏人,坏人就不能有好话。只有好人说牢狱好,这才是好话。读过《文选》而说它无用,不如不读《文选》而说它有用的可听。反"反《文选》"的诸君子,自然多是读过的了,但未读的也有,举一个例在这里罢——"《庄子》我四年前虽曾读过,但那时还不能完全读懂……《文选》则我完全没有见过。"然而他结末说,"为了浴盘的水糟了,就连小宝宝也要倒掉,这意思是我们不敢赞同的。"(见《火炬》)他要保护水中的"小宝宝",可是没有见过"浴盘的水"。

五四运动的时候,保护文言者是说凡做白话文的都会做文言文,所以古文也得读。现在保护古书者是说反对古书的也在看古书,做文言,——可见主张的可笑。永远反刍,自己却不会呕吐,大约真是读透了《庄子》了。

十一月四日。

归　厚

罗　怃

在洋场上,用一瓶强水去洒他所恨的女人,这事早经绝迹了。用些秽物去洒他所恨的律师,这风气只继续了两个月。最长久的是造了谣言去中伤他们所恨的文人,说这事已有了好几年,我想,是只会少不会多的。

洋场上原不少闲人,"吃白相饭"尚且可以过活,更何况有时打几圈马将。小妇人的喊喊喳喳,又何尝不可以消闲。我就是常看造谣专门杂志之一人,但看的并不是谣言,而是谣言作家的手段,看他有怎样出奇的幻想,怎样别致的描写,怎样险恶的构陷,怎样躲闪的原形。造谣,也要才能的,如果他造得妙,即使造的是我自己的谣言,恐怕我也会爱他的本领。

但可惜大抵没有这样的才能,作者在谣言文学上,也还是"滥竽充数"。这并非我个人的私见。讲什么文坛故事的小说不流行,什么外史也不再做下去,可见是人们多已摇头了。讲来讲去总是这几套,纵使记性坏,多听了也会烦厌的。想继续,这时就得要才能;否则,台下走散,应该换一出戏来叫座。

譬如罢,先前演的是《杀子报》罢,这回就须是《三娘教子》,"老东人呀,唉,唉,唉!"

而文场实在也如戏场,果然已经渐渐的"民德归厚"了,有的还至于自行声明,更换办事人,说是先前"揭载作家秘史,虽为文坛佳话,然亦有伤忠厚。以后本刊停登此项稿件。……以前言责,……概不负责。"(见《微言》)为了"忠厚"而牺牲"佳话",虽可惜,却也可敬的。

尤其可敬的是更换办事人。这并非敬他的"概不负责",而是敬他的彻底。古时候虽有"放下屠刀,立地成佛"的人,但因为也有"放下官印,立地念佛"而终于又"放下念珠,立地做官"的人,这一种玩意儿,实在已不足以昭大信于天下:令人办事有点为难了。

不过,尤其为难的是忠厚文学远不如谣言文学之易于号召读者,所以须有才能更大的作家,如果一时不易搜求,那刊物就要减色。我想,还不如就用先前打诨的二丑挂了长须来唱老生戏,那么,暂时之间倒也特别而有趣的。

十一月四日。

难得糊涂

子 明

因为有人谈起写篆字,我倒记起郑板桥有一块图章,刻着"难得糊涂"。那四个篆字刻得叉手叉脚的,颇能表现一点名士的牢骚气。足见刻图章写篆字也还反映着一定的风格,正像"玩"木刻之类,未必"只是个人的事情":"谬种"和"妖孽"就是写起篆字来,也带着些"妖谬"的。

然而风格和情绪,倾向之类,不但因人而异,而且因事而异,因时而异。郑板桥说"难得糊涂",其实他还能够糊涂的。现在,到了"求仕不获无足悲,求隐而不得其地以窜者,毋亦天下之至哀欤"的时代,却实在求糊涂而不可得了。

糊涂主义,唯无是非观等等——本来是中国的高尚道德。你说他是解脱,达观罢,也未必。他其实在固执着,坚持着什么,例如道德上的正统。文学上的正宗之类。这终于说出来了:——道德要孔孟加上"佛家报应之说"(老庄另帐登记),而说别人"鄙薄"佛教影响就是"想为儒家争正统",原来同善社的三教同源论早已是正统了。文学呢?要用生涩字,用词藻,秾纤的作品,而且是新文学的作品,虽则他"否认新文学和旧文学的分界";而大众文学"固然赞成","但那是文学中的一个旁支"。正统和正宗,是明显的。

对于人生的倦怠并不糊涂!活的生活已经那么"穷乏",要请青年在"佛家报应之说",在"《文选》,《庄子》,《论语》,《孟子》"里去求得修养。后来,修养又不见了,只剩得字汇。"自然景物,个人情感,宫室建筑,……之类,还不妨从《文选》之类的书中去找来用。"从前严几道从甚么古书里——大概也是《庄子》罢——找着了"幺匿"两个字来译 Unit，又古雅，又音义双关的。但是后来通行的却是"单位"。

严老先生的这类"字汇"很多，大抵无法复活转来，现在却有人以为"汉以后的词，秦以前的字，西方文化所带来的字和词，可以拼成功我们的光芒的新文学"。这光芒要是只在字和词，那大概像古墓里的贵妇人似的，满身都是珠光宝气了。人生却不在拼凑，而在创造，几千百万的活人在创造。可恨的是人生那么骚扰忙乱，使一些人"不得其地以窜"，想要逃进字和词里去，以求"庶免是非"，然而又不可得。真要写篆字刻图章了！

十一月六日。

古书中寻活字汇

罗 怃

古书中寻活字汇，是说得出，做不到的，他在那古书中，寻不出一个活字汇。

假如有"可看《文选》的青年"在这里，就是高中学生中的几个罢，他翻开《文选》来，一心要寻活字汇，当然明知道那里面有些字是已经死了的。然而他怎样分别那些字的死活呢？大概只能以自己的懂不懂为标准。但是，看了六臣注之后才懂的字不能算，因为这原是死尸，由六臣背进他脑里，这才算是活人的，在他脑里即使复活了，在未"可看《文选》的青年"的眼前却是死家伙。所以他必须看白文。

诚然，不看注，也有懂得的，这就是活字汇。然而他怎会先就懂得的呢？这一定是曾经在别的书上看见过，或是到现在还在应用的字汇，所以他懂得。那么，从一部《文选》里，又寻到了什么？

然而施先生说，要描写宫殿之类的时候有用处。这很不错，《文选》里有许多赋是讲到宫殿的，并且有什么殿的专赋。倘有青年要做汉晋的历史小说，描写那时的宫殿，找《文选》是极应该的，还非看"四史"《晋书》之类不可。然而所取的僻字也不过将死尸抬出来，说得神秘点便名之曰"复活"。如果要描写的是清故宫，那可和《文选》的瓜葛就极少了。

倘使连清故宫也不想描写，而豫备工夫却用得这么广泛，那实在是徒劳而仍不足。因为还有《易经》和《仪礼》，里面的字汇，在描写周朝的卜课和婚丧大事时候是有用处的，也得作为"文学修养之根基"，这才更像"文学青年"的样子。

十一月六日。

"商定"文豪

白在宣

笔头也是尖的,也要钻。言路的窄,现在也正如活路一样,所以(以上十五字,刊出时作"别的地方钻不进"),只好对于文艺杂志广告的夸大,前去刺一下。

一看杂志的广告,作者就个个是文豪,中国文坛也真好像光焰万丈,但一面也招来了鼻孔里的哼哼声。然而,著作一世,藏之名山,以待考古团的掘出的作家,此刻早已没有了,连自作自刻,订成薄薄的一本,分送朋友的诗人,也已经不大遇得到。现在是前周作稿,次周登报,上月剪贴,下月出书,大抵仅仅为稿费。倘说,作者是饿着肚子,专心在为社会服务,恐怕说出来有点要脸红罢。就是笑人需要稿费的高士,他那一篇嘲笑的文章也还是不免要稿费。但自然,另有薪水,或者能靠女人奁资养活的文豪,都不属于这一类。

就大体而言,根子是在卖钱,所以上海的各式各样的文豪,由于"商定",是"久已夫,已非一日矣"的了。

商家印好一种稿子后,倘那时封建得势,广告上就说作者是封建文豪,革命行时,便是革命文豪,于是封定了一批文豪们。别家的书也印出来了,另一种广告说那些作者并非真封建或真革命文豪,这边的才是真货色,于是又封定了一批文豪们。别一家又集印了各种广告的论战,一位作者加上些批评,另出了一位新文豪。

还有一法是结合一套脚色,要几个诗人,几个小说家,一个批评家,商量一下,立一个什么社,登起广告来,打倒彼文豪，抬出此文豪，结果也总可以封定一批文豪们，也是一种的"商定"。

　　就大体而言，根子是在卖钱，所以后来的书价，就不免指出文豪们的真价值，照价二折，五角一堆，也说不定的。不过有一种例外：虽然铺子出盘，作品贱卖，却并不是文豪们走了末路，那是他们已经"爬了上去"，进大学，进衙门，不要这踏脚凳了。

十一月七日。

青年与老子

敬一尊

听说,"慨自欧风东渐以来",中国的道德就变坏了,尤其是近时的青年,往往看不起老子。这恐怕真是一个大错误,因为我看了几个例子,觉得老子的对于青年,有时确也很有用处,很有益处,不仅足为"文学修养"之助的。

有一篇旧文章——我忘记了出于什么书里的了——告诉我们,曾有一个道士,有长生不老之术,自说已经百余岁了,看去却"美如冠玉",像二十左右一样。有一天,这位活神仙正在大宴阔客,突然来了一个须发都白的老头子,向他要钱用,他把他骂出去了。大家正惊疑间,那活神仙慨然的说道,"那是我的小儿,他不听我的话,不肯修道,现在你们看,不到六十,就老得那么不成样子了。"大家自然是很感动的,但到后来,终于知道了那人其实倒是道士的老子。

还有一篇新文章——杨某的自白——却告诉我们,他是一个有志之士,学说是很正确的,不但讲空话,而且去实行,但待到看见有些地方的老头儿苦得不像样,就想起自己的老子来,即使他的理想实现了,也不能使他的父亲做老太爷,仍旧要吃苦。于是得到了更正确的学说,抛去原有的理想,改做孝子了。假使父母早死,学说那有这么圆满而堂皇呢?这不也就是老子对于青年的益处么?

那么,早已死了老子的青年不是就没有法子么?我以为不然,也有法子想。这还是要查旧书。另有一篇文章——我也忘了出在什么书里的了——告诉我们,一个老女人在讨饭,忽然来了一位大阔人,说她是自己的久经失散了的母亲,她也将错就错,做了老太太。后来她的儿子要嫁女儿,和老太太同到首饰店去买金器,将老太太已经看中意的东西自己带去给太太看一看,一面请老太太还在拣,——可是,他从此就不见了。

不过,这还是学那道士似的,必须实物时候的办法,如果单是做做自白之类,那是实在有无老子,倒并没有什么大关系的。先前有人提倡过"虚君共和",现在又何妨有"没亲孝子"?张宗昌很尊孔,恐怕他府上也未必有"四书""五经"罢。

十一月七日。

后　记

　　这六十多篇杂文,是受了压迫之后,从去年六月起,另用各种的笔名,障住了编辑先生和检查老爷的眼睛,陆续在《自由谈》上发表的。不久就又蒙一些很有"灵感"的"文学家"吹嘘,有无法隐瞒之势,虽然他们的根据嗅觉的判断,有时也并不和事实相符。但不善于改悔的人,究竟也躲闪不到那里去,于是不及半年,就得着更厉害的压迫了,敷衍到十一月初,只好停笔,证明了我的笔墨,实在敌不过那些带着假面,从指挥刀下挺身而出的英雄。

　　不做文章,就整理旧稿,在年底里,粘成了一本书,将那时被人删削或不能发表的,也都添进去了,看起分量来,倒比这以前的《伪自由书》要多一点。今年三月间,才想付印,做了一篇序,慢慢的排,校,不觉又过了半年,回想离停笔的时候,已是一年有余了,时光真是飞快,但我所怕的,倒是我的杂文还好像说着现在或甚而至于明年。

　　记得《伪自由书》出版的时候,《社会新闻》曾经有过一篇批评,说我的所以印行那一本书的本意,完全是为了一条尾巴——《后记》。这其实是误解的,我的杂文,所写的常是一鼻,一嘴,一毛,但合起来,已几乎是或一形象的全体,不加什么原也过得去的了。但画上一条尾巴,却见得更加完全。

　　所以我的要写后记,除了我是弄笔的人,总要动笔之外,只在要这一本书里所画的形象,更成为完全的一个具象,却不是"完全为了一条尾巴"。

　　内容也还和先前一样,批评些社会的现象,尤其是文坛的情形。因为笔名改得勤,开初倒还平安无事。然而"江山好改,秉性难移",我知道自己终于不能安分守己。《序的解放》碰着了曾今可,《豪语的折扣》又触犯了张资平,此外在不知不觉之中得罪了一些别的什么伟人,我还自己不知道。但是,待到做了《各种捐班》和《登龙术拾遗》以后,案件可就闹大了。

去年八月间,诗人邵洵美先生所经营的书店里,出了一种《十日谈》,这位诗人在第二期(二十日出)上,飘飘然的论起"文人无行"来了,先分文人为五类,然后作结道——

除了上述五类外,当然还有许多其他的典型;但其所以为文人之故,总是因为没有饭吃,或是有了饭吃不饱。因为做文人不比做官或是做生意,究竟用不到多少本钱。一枝笔,一些墨,几张稿纸,便是你所要预备的一切。呒本钱生意,人人想做,所以文人便多了。此乃是没有职业才做文人的事实。

我们的文坛便是由这种文人组织成的。

因为他们是没有职业才做文人,因此他们的目的仍在职业而不在文人。他们借着文艺宴会的名义极力地拉拢大人物;借文艺杂志或是副刊的地盘,极力地为自己做广告;但求闻达,不顾羞耻。

谁知既为文人矣,便将被目为文人;既被目为文人矣,便再没有职业可得,这般东西便永远在文坛里胡闹。

文人的确穷的多,自从迫压言论和创作以来,有些作者也的确更没有饭吃了。而邵洵美先生是所谓"诗人",又是有名的巨富"盛宫保"的孙婿,将污秽泼在"这般东西"的头上,原也十分平常的。但我以为作文人究竟和"大出丧"有些不同,即使雇得一大群帮闲,开锣喝道,过后仍是一条空街,还不及"大出丧"的虽在数十年后,有时还有几个市侩传颂。穷极,文是不能工的,可是金银又并非文章的根苗,它最好还是买长江沿岸的田地。然而富家儿总不免常常误解,以为钱可使鬼,就也可以通文。使鬼,大概是确的,也许还可以通神,但通文却不成,诗人邵洵美先生本身的诗便是证据。我那两篇中的有一段,便是说明官可捐,文人不可捐,有裙带官儿,却没有裙带文人的。

然而,帮手立刻出现了,还出在堂堂的《中央日报》(九月四日及六日)上——

女婿问题

如 是

最近的《自由谈》上，有两篇文章都是谈到女婿的，一篇是孙用的《满意和写不出》，一篇是苇索的《登龙术拾遗》。后一篇九月一日刊出，前一篇则不在手头，刊出日期大约在八月下旬。

苇索先生说："文坛虽然不致于要招女婿，但女婿却是会要上文坛的。"后一句"女婿却是会要上文坛的"，立论十分牢靠，无瑕可击。我们的祖父是人家的女婿，我们的父亲也是人家的女婿，我们自己，也仍然不免是人家的女婿，比如今日在文坛上"北面"而坐的鲁迅茅盾之流，都是人家的女婿，所以"女婿会要上文坛的"是不成问题的，至于前一句"文坛虽然不致于招女婿"，这句话就简直站不住了。我觉得文坛无时无刻不在招女婿，许多中国作家现在都变成了俄国的女婿了。

又说："有富岳家，有阔太太，用赔嫁钱，作文学资本，……"能用妻子的赔嫁钱来作文学资本，我觉得这种人应该佩服，因为用妻子的钱来作文学资本，总比用妻子的钱来作其他一切不正当的事情好一些。况且凡事必须有资本，文学也不能例外，如没有钱，便无从付印刷费，则杂志及集子都出不成，所以要办书店，出杂志，都得是大家拿一些私蓄出来，妻子的钱自然也是私蓄之一。况且做一个富家的女婿并非罪恶，正如做一个报馆老板的亲戚之并非罪恶为一样，如其一个报馆老板的亲戚，回国后游荡无事，可以依靠亲戚的牌头，夺一个副刊来编编，则一个富家的女婿，因为兴趣所近，用些妻子的赔嫁钱来作文学资本，当然也无不可。

"女婿"的蔓延

圣 闲

狐狸吃不到葡萄，说葡萄是酸的，自己娶不到富妻子，于是对于一切有富岳家的人发生了妒忌,妒忌的结果是攻击。

假如做了人家的女婿,是不是还可以做文人的呢?答案自然是属于正面的,正如前天如是先生在本园上他的一篇《女婿问题》里说过,今日在文坛上最有声色的鲁迅茅盾之流,一方面身为文人,一方面仍然不免是人家的女婿,不过既然做文人同时也可以做人家的女婿,则此女婿是应该属于穷岳家的呢,还是属于富岳家的呢?关于此层,似乎那些老牌作家,尚未出而主张,不知究竟应该"富倾"还是"穷倾"才对,可是《自由谈》之流的撰稿人,既经对于富岳家的女婿取攻击态度,则我们感到,好像至少做富岳家的女婿的似乎不该再跨上这个文坛了,"富岳家的女婿"和"文人"仿佛是冲突的,二者只可任择其一。

目下中国文坛似乎有这样一个现象,不必检查一个文人他本身在文坛上的努力的成绩,而唯斤斤于追究那个文人的家庭琐事,如是否有富妻子或穷妻子之类。要是你今天开了一家书店,则这家书店的本钱,是否出乎你妻子的赔嫁钱,也颇劳一些尖眼文人,来调查打听,以此或作攻击讥讽。

我想将来中国的文坛,一定还会进步到有下种情形:穿陈嘉庚橡皮鞋者,方得上文坛,如穿皮鞋,便属贵族阶级,而入于被攻击之列了。

现在外国回来的留学生失业的多得很。回国以后编一个副刊也并非一件羞耻事情,编那个副刊,是否因亲戚关系,更不成问题,亲戚的作用,本来就在这种地方。自命以扫除文坛为己任的人,如其人家偶而提到一两句自己的不愿意听的话,便要成群结队的来反攻,大可不必。如其常常骂人家为狂吠的,则自己切不可也落入于狂吠之列。

这两位作者都是富家女婿崇拜家,但如是先生是凡庸的,背出了他的祖父,父亲,鲁迅,茅盾之后,结果不过说着"鲁迅拿卢布"那样的滥调;打诨的高手要推圣闲先生,他竟拉到我万想不到的诗人太太的味道上去了。戏剧上的二丑帮忙,倒使花花公子格外出丑,用的便是这样的说法,我后来也引在《"滑稽"例解》中。

但邵府上也有恶辣的谋士的。今年二月,我给日本的《改造》杂志做了三篇短论,是讥评中国,日本,满洲的。邵家将却以为"这回是得之矣"了。就在也是这甜葡萄棚里产生出来的《人言》（三月三日出）上，扮出一个译者和编者来，译者算是只译了其中的一篇《谈监狱》，投给了《人言》，并且前有"附白"，后有"识"——

谈监狱

鲁　迅

（顷阅日文杂志《改造》三月号，见载有我们文坛老将鲁迅翁之杂文三篇，比较翁以中国文发表之短文，更见精彩，因移译之，以寄《人言》。惜译者未知迅翁寓所，问内山书店主人丸造氏，亦言未详，不能先将译稿就正于氏为憾。但请仍用翁的署名发表，以示尊重原作之意。——译者井上附白。）

人的确是由事实的启发而获得新的觉醒，并且事情也是因此而变革的。从宋代到清朝末年，很久长的时间中，专以代圣贤立言的"制艺"文章，选拔及登用人才。到同法国打了败仗，才知这方法的错误，于是派遣留学生到西洋，设立武器制造局，作为改正的手段。同日本又打了败仗之后，知道这还不彀，这一回是大大地设立新式的学校。于是学生们每年大闹风潮。清朝覆亡，国民党把握了政权之后，又明白了错误，而作为改正手段，是大造监狱。

国粹式的监狱，我们从古以来，各处早就有的，清朝末年也稍造了些西洋式的，就是所谓文明监狱。那是特地造来给旅行到中国来的外人看的，该与为同外人讲交际而派遣去学习文明人的礼节的留学生属于同一种类。囚人却托庇了得着较好的待遇，也得洗澡，有得一定分量的食品吃，所以是很幸福的地方。而且在二三星期之前，政府因为要行仁政，便发布了囚人口粮不得刻扣的命令。此后当是益加幸福了。

至于旧式的监狱，像是取法于佛教的地狱，所以不但禁锢人犯，而且有要给他吃苦的责任。有时还有榨取人犯亲属的金钱使他们成为赤贫的职责。而且谁都以为这是当然的。倘使有不以为然的人，那即是帮助人犯，非受犯罪的嫌疑不可。但是文明程度很进步了，去年有官吏提倡，说人犯每年放归家中一次，给予解决性欲的机会，是很人道主义的说法。老实说：他不是他对于人犯的性欲特别同情，因为决不会实行的望头，所以特别高声说话，以见自己的是官吏。但舆论甚为沸腾起来。某批评家说，这样之后，大家见监狱将无畏惧，乐而赴之，大为为世道人心愤慨。受了圣贤之教，如此悠久，尚不像那个官吏那么狡猾，是很使人心安，但对于人犯不可不虐待的信念，却由此可见。

从另一方面想来，监狱也确有些像以安全第一为标语的人的理想乡。火灾少，盗贼不进来，土匪也决不来掠夺。即使有了战事，也没有以监狱为目标而来爆击的傻瓜，起了革命。只有释放人犯的例，没有屠杀的事。这回福建独立的时候，说释人犯出外之后，那些意见不同的却有了行踪不明的谣传，但这种例子是前所未见的。总之，不像是很坏的地方。只要能容许带家眷，那么即使现在不是水灾，饥荒，战争，恐怖的时代，请求去转居的人，也决不会没有。所以虐待是必要了吧。

牛兰夫妻以宣传赤化之故，收容于南京的监狱，行了三四次的绝食，什么效力也没有。这是因为他不了解中国的监狱精神之故。某官吏说他自己不要吃，同别人有什么关系，很讶奇这事。不但不关系于仁政，且节省伙食，反是监狱方面有利。甘地的把戏，倘使不选择地方，就归于失败。

但是，这样近于完美的监狱，还留着一个缺点，以前对于思想上的事情，太不留意了。为补这个缺点，近来新发明有一种"反省院"的特种监狱，而施行教育。我不曾到其中去反省过，所以不详细其中的事情，总之对于人犯时时讲授三民主义，使反省他们自己的错误。而且还要做出排击共产主义的论文。倘使不愿写或写不出则当然非终生反省下去不行，但做得不好，也得反省到死。在目下，进去的有，出来的也有，反省院还有新造的，总是进去的人多些。试验完毕而出来的良民也偶有会到的，可是大抵总是萎缩枯槁的样子，恐怕是在反省和毕业论文上面把心力用尽了。那是属于前途无望的。

（此外尚有《王道》及《火》二篇，如编者先生认为可用，当再译寄。——译者识。）

姓虽然冒充了日本人，译文却实在不高明，学力不过如邵家帮闲专家章克标先生的程度,但文字也原是无须译得认真的,因为要紧的是后面的算是编者的回答——

编者注:鲁迅先生的文章,最近是在查禁之列。此文译自日文,当可逃避军事裁判。但我们刊登此稿目的,与其说为了文章本身精美或其议论透彻;不如说举一个被本国迫逐而托庇于外人威权之下的论调的例子。鲁迅先生本来文章极好,强辞夺理亦能说得头头是道,但统观此文,则意气多于议论,捏造多于实证,若非译笔错误,则此种态度实为我所不取也。登此一篇,以见文化统制治下之呼声一般。《王道》与《火》两篇,不拟再登,转言译者,可勿寄来。

这编者的"托庇于外人威权之下"的话,是和译者的"问内山书店主人丸造氏"相应的;而且提出"军事裁判"来,也是作者极高的手笔,其中含着甚深的杀机。我见这富家儿的鹰犬,更深知明季的向权门卖身投靠之辈是怎样的阴险了。他们的主公邵诗人,在赞扬美国白诗人的文章中,贬落了黑诗人,"相信这种诗是走不出美国的,至少走不出英国语的圈子。"(《现代》五卷六期)我在中国的富贵人及其鹰犬的眼中,虽然也不下于黑奴,但我的声音却走出去了。这是最可痛恨的。但其实,黑人的诗也走出"英国语的圈子"去了。美国富翁和他的女婿及其鹰犬也是奈何它不得的。

但这种鹰犬的这面目,也不过以向"鲁迅先生的文章,最近是在查禁之列"的我而已,只要立刻能给一个嘴巴,他们就比吧儿狗还驯服。现在就引一个也曾在《"滑稽"例解》中提过,登在去年九月二十一日《申报》上的广告在这里罢——

《十日谈》向《晶报》声明误会表示歉意

敬启者十日谈第二期短评有朱霁青亦将公布捐款一文后段提及晶报系属误会本刊措词不善致使晶报对邵洵美君提起刑事自诉按双方均为社会有声誉之刊物自无互相攻评之理兹经章士钊江容平衡诸君诠释已得晶报完全谅解除由晶报自行撤回诉讼外特此登报声明表示歉意

"双方均为社会有声誉之刊物,自无互相攻讦之理",此"理"极奇,大约是应该攻讦"最近是在查禁之列"的刊物的罢。金子做了骨髓,也还是站不直,在这里看见铁证了。

给"女婿问题"纸张费得太多了,跳到别一件,这就是"《庄子》和《文选》"。

这案件的往复的文字,已经收在本文里,不再多谈;别人的议论,也为了节省纸张,都不剪帖了。其时《十日谈》也大显手段,连漫画家都出了马,为了一幅陈静生先生的《鲁迅翁之笛》,还在《涛声》上和曹聚仁先生惹起过一点辩论的小风波。但是辩论还没有完,《涛声》已被禁止了,福人总永远有福星照命……

然而时光是不留情面的,所谓"第三种人",尤其是施蛰存和杜衡即苏汶,到今年就各自露出他本来的嘴脸来了。

这回要提到末一篇,流弊是出在用新典。

听说,现在是连用古典有时也要被检查官禁止了,例如提起秦始皇,但去年还不妨,不过用新典总要闹些小乱子。我那最末的《青年与老子》,就因为碰着了杨邨人先生(虽然刊出的时候,那名字已给编辑先生删掉了),后来在《申报》本埠增刊的《谈言》(十一月二十四日)上引得一篇妙文的。不过颇难解,好像是在说我以孝子自居,却攻击他做孝子,既"投井",又"下石"了。因为这是一篇我们的"改悔的革命家"的标本作品,弃之可惜,谨录全文,一面以见杨先生倒是现代"语录体"作家的先驱,也算是我的《后记》里的一点余兴罢——

聪明之道

邨 人

畴昔之夜,拜访世故老人于其庐:庐为三层之楼,面街而立,虽电车玲玲轧轧,汽车呜呜哑哑,市嚣扰人而不觉,俨然有如隐士,居处晏如,悟道深也。老人曰,"汝来何事?"对曰,"敢问聪明之道"。谈话有主题,遂成问答。

"难矣哉,聪明之道也!孔门贤人如颜回,举一隅以三隅反,孔子称其聪明过人,于今之世能举一隅以三隅反者尚非聪明之人,汝问聪明之道,其有意难余老瞆者耶?"

"不是不是,你老人家误会了我的问意了!我并非要请教关于思辨之术。我是生性拙直愚笨,处世无方,常常碰壁,敢问关于处世的聪明之道。"

"噫嘻,汝诚拙直愚笨也,又问处世之道!夫今之世,智者见智,仁者见仁,阶级不同,思想各异,父子兄弟夫妇姊妹因思想之各异,一家之内各有主张各有成见,虽属骨肉至亲,乖离冲突,背道而驰;古之所谓英雄豪杰,各事其君而为仇敌,今之所谓志士革命家,各为阶级反目无情,甚至只因立场之不同,骨肉至亲格杀无赦,投机取巧或能胜利于一时,终难立足于世界,聪明之道实则已穷,且唯既愚且鲁之徒方能享福无边也矣。……"

"老先生虽然说的头头是道,理由充足,可是,真的聪明之道就没有了吗?"

"然则仅有投机取巧之道也矣。试为汝言之:夫投机取巧之道要在乎滑头,而滑头已成为专门之学问,西欧学理分门别类有所谓科学哲学者,滑头之学问实可称为滑头学。滑头学如依大学教授之编讲义,大可分成若干章,每章分成若干节,每节分成若干项,引古据今,中西合璧,其理论之深奥有甚于哲学,其引证之广大举凡中外历史,物理化学,艺术文学,经商贸易之直,诱惑欺骗之术,概属必列,包罗万象,自大学预科以至大学四年级此一讲义仅能讲其千分之一,大学毕业各科及格,此滑头学则无论何种聪明绝顶之学生皆不能及格,且大学教授本人恐亦知其然不知其所以然,其难学也可想而知之矣。余处世数十年,头顶已秃,须发已白,阅历不为不广,教训不为不多,然而余着手编辑滑头学讲义,仅能编其第一章之第一节,第一节之第一项也。此第一章之第一节,第一节之第一项其纲目为'顺水行舟',即人云亦云,亦即人之喜者喜之,人之恶者恶之是也,举一例言之,如人之恶者为孝子,所谓封建宗法社会之礼教遗孽之一,则汝虽曾经为父侍汤服药问医求卜出诸天性以事亲人,然论世之出诸天性以事亲人者则引'孝子'之名以责之,惟求青年之鼓掌称快,勿管本心见解及自己行动之如何也。被责难者处于时势潮流之下,百辞莫辩,辩则反动更为证实,从此青年鸣鼓而攻,体无完肤,汝之胜利不但已操左券,且为青年奉为至圣大贤,小品之集有此一篇,风行海内洛阳纸贵,于是名利双收,富贵无边矣。其第一章之第一节,第一节之第二项为'投井下石',余本亦知一二,然偶一忆及投井下石之人,殊觉头痛,实无心编之也。然而滑头学虽属聪明之道,实乃左道旁门,汝实不足学也。"

"老先生所言想亦很有道理,现在社会上将种学问作敲门砖混饭吃的人实在不少,他们也实在到处逢源,名利双收,可是我是一个拙直愚笨的人,恐怕就要学也学不了吧?"

"呜呼汝求聪明之道,而不学之,虽属可取,然碰壁也宜矣!"
是夕问道于世故老人,归来依然故我,呜呼噫嘻!

但我们也不要一味赏鉴"呜呼噫嘻",因为这之前,有些地方演了"全武行"。

也还是剪报好,我在这里剪一点记的最为简单的——

艺华影片公司被"影界铲共同志会"捣毁

昨晨九时许,艺华公司在沪西康脑脱路金司徒庙附近新建之摄影场内,忽来行动突兀之青年三人,向该公司门房伪称访客,一人正在持笔签名之际,另一人遂大呼一声,则预伏于外之暴徒七八人,一律身穿蓝布衫裤,蜂拥夺门冲入,分投各办事室,肆行捣毁写字台玻璃窗以及椅凳各器具,然后又至室外,打毁自备汽车两辆,晒片机一具,摄影机一具,并散发白纸印刷之小传单,上书"民众起来一致剿灭共产党","打倒出卖民众的共产党","扑灭杀人放火的共产党"等等字样,同时又散发一种油印宣言,最后署名为"中国电影界铲共同志会"。约逾七分钟时,由一人狂吹警笛一声,众暴徒即集合列队而去,迨该管六区闻警派警士侦缉员等赶至,均已远扬无踪。该会且宣称昨晨之行动,目的仅在予该公司一警告,如该公司及其他公司不改变方针，今后当准备更激烈手段应付，联华，明星，天一等公司，本会亦已有严密之调查矣云云。

据各报所载该宣言之内容称，艺华公司系共党宣传机关，普罗文化同盟为造成电影界之赤化，以该公司为大本营，如出品《民族生存》等片，其内容为描写阶级斗争者，但以向南京检委会行贿，故得通过发行。又称该会现向教育部，内政部，中央党部及本市政府发出呈文，要求当局命令该公司，立即销毁业已摄成各片，自行改组公司，清除所有赤色份子，并对受贿之电影检委会之责任人员，予以惩处等语。

事后，公司坚称，实系被劫，并称已向曹家渡六区公安局报告，记者得讯，前往调查时，亦仅见该公司内部布置被毁无余，桌椅东倒西歪，零乱不堪，内幕究竟如何，想不日定能水落石出也。

十一月十三日，《大美晚报》。

影界铲共会
警戒电影院
拒演田汉等之影片

自从艺华公司被击以后，上海电影界突然有了一番新的波动，从制片商已经牵涉到电影院，昨日本埠大小电影院同时接到署名上海影界铲共同志会之警告函件，请各院拒映田汉等编制导演主演之剧本，其原文云：

敝会激于爱护民族国家心切，并不忍电影界为共产党所利用，因有警告赤色电影大本营——艺华影片公司之行动，查贵院平日对于电影业，素所热心，为特严重警告，祈对于田汉（陈瑜）、沈端先（即蔡叔声，丁谦之）、卜万苍、胡萍、金焰等所导演，所编制，所主演之各项鼓吹阶级斗争贫富对立的反动电影，一律不予放映，否则必以暴力手段对付，如艺华公司一样，决不宽假，此告。上海影界铲共同志会。十一，十三。

十一月十六日，《大美晚报》。

但"铲共"又并不限于"影界"，出版界也同时遭到覆面英雄们的袭击了。又剪报——

> 今晨良友图书公司
> 突来一怪客
> 手持铁锤击碎玻璃窗
> 扬长而去捕房侦查中
> ……光华书局请求保护

沪西康脑脱路艺华影片公司,昨晨九时许,忽被状似工人等数十名,闯入摄影场中,并大发各种传单,署名"中国电影界铲共同志会"等字样,事后扬长而去。不料一波未平,一波又起,今日上午十一时许,北四川路八百五十一号良友图书印刷公司,忽有一男子手持铁锤,至该公司门口,将铁锤击入该店门市大玻璃窗内,击成一洞。该男子见目的已达,立即逃避。该管虹口捕房据报后,立即派员前往调查一过,查得良友公司经售各种思想左倾之书籍,与捣毁艺华公司一案,不无关联。今日上午四马路光华书局据报后,惊骇异常,即自投该管中央捕房,请求设法保护,而免意外,惟至记者截稿时尚未闻发生意外之事云。

十一月十三日,《大晚报》。

> 捣毁中国论坛
> 印刷所已被捣毁
> 编辑间未受损失

承印美人伊罗生编辑之《中国论坛报》勒佛尔印刷所,在虹口天潼路,昨晚有暴徒潜入,将印刷间捣毁,其编辑间则未受损失。

十一月十五日,《大美晚报》。

> 袭击神州国光社
> 昨夕七时四人冲入总发行所

铁锤挥击打碎橱窗损失不大

河南路五马路口神州国光社总发行所，于昨晚七时，正欲打烊时，突有一身衣长袍之顾客入内，状欲购买书籍。不料在该客甫入门后，背后即有三人尾随而进。该长袍客回头见三人进来，遂即上前将该书局之左面走廊旁墙壁上所挂之电话机摘断。而同时三短衣者即实行捣毁，用铁锤乱挥，而长衣者亦加入动手，致将该店之左橱窗打碎，四人即扬长而逸。而该店时有三四伙友及学徒，亦惊不能作声。然长衣者方出门至相距不数十步之泗泾路口，为站岗巡捕所拘，盖此长衣客因打橱窗时玻璃倒下，伤及自己面部，流血不止，渠因痛而不能快行也。

该长衣者当即被拘入四马路中央巡捕房后，竭力否认参加捣毁，故巡捕已将此人释放矣。

十二月一日，《大美晚报》。

美国人办的报馆捣毁得最客气，武官们开的书店捣毁得最迟。"扬长而逸"写得最有趣。

捣毁电影公司，是一面撒些宣言的，有几种报上登过全文；对于书店和报馆却好像并无议论，因为不见有什么记载。然而也有，是一种钢笔版蓝色印的警告，店名或馆名空着，各各填以墨笔，笔迹并不像读书人，下面是一长条紫色的木印。我幸而藏着原本，现在订定标点，照样的抄录在这里——

敝会激于爱护民族国家心切，并不忍文化界与思想界为共党所利用，因有警告赤色电影大本营——艺华公司之行动。现为贯彻此项任务计，拟对于文化界来一清算，除对于良友图书公司给予一初步的警告外，于所有各书局各刊物均已有精密之调查。素知贵……对于文化事业，热心异人，为特严重警告，对于赤色作家所作文字，如鲁迅，茅盾，蓬子，沈端先，钱杏邨及其他赤色作家之作品，反动文字，以及反动剧评，苏联情况之介绍等，一律不得刊行，登载，发行。如有不遵，我们必以较对付艺华及良友公司更激烈更彻

底的手段对付你们,决不宽假!此告
……

上海影界铲共同志会(十一,十三。)

一个"志士",纵使"对于文化事业,热心异人",但若会在不知何时,飞来一个锤子,打破值银数百两的大玻璃;"如有不遵",更会在不知何时,飞来一顶红帽子,送掉他比大玻璃更值钱的脑袋,那他当然是也许要灰心的。然则书店和报馆之有些为难,也就可想而知了。我既是被"扬长而去"的英雄们指定为"赤色作家",还是莫害他人,放下笔,静静的看一会把戏罢,所以这一本里面的杂文,以十一月七日止,因为从七日到恭逢警告的那时候——十一月十三日,我也并没有写些什么的。

但是,经验使我知道,我在受着武力征伐的时候,是同时一定要得到文力征伐的。文人原多"烟士披离纯",何况现在嗅觉又特别发达了,他们深知道要怎样"创作"才合式。这就到了我不批评社会,也不论人,而人论我的时期了,而我的工作是收材料。材料尽有,妙的却不多。纸墨更该爱惜,这里仅选了六篇。官办的《中央日报》讨伐得最早,真是得风气之先,不愧为"中央";《时事新报》正当"全武行"全盛之际,最合时宜,却不免非常昏愦;《大晚报》和《大美晚报》起来得最晚,这是因为"商办"的缘故,聪明,所以小心,小心就不免迟钝,他刚才决计合伙来讨伐,却不料几天之后就要过年,明年是先行检查书报,以惠商民,另结新样的网,又是一个局面了。

现在算是还没有过年,先来《中央日报》的两篇罢——

杂 感

洲

近来有许多杂志上都在提倡小文章。《申报月刊》《东方杂志》以及《现代》上,都有杂感随笔这一栏。好像一九三三真要变成一个小文章年头了。目下中国杂感家之多，远胜于昔，大概此亦鲁迅先生一人之功也。中国杂感家老牌，自然要推鲁迅。他的师爷笔法，冷辣辣的，有他人所不及的地方。《热风》、《华盖集》、《华盖续集》，去年则还出了什么三心《二心》之类。照他最近一年来"干"的成绩而言大概五心六心也是不免的。鲁迅先生久无创作出版了，除了译一些俄国黑面包之外，其余便是写杂感文章了。杂感文章，短短千言，自然可以一挥而就。则于抽卷烟之际，略转脑子，结果就是十元千字。大概写杂感文章，有一个不二法门。不是热骂，便是冷嘲。如能热骂后再带一句冷嘲或冷嘲里夹两句热骂，则更佳矣。

不过普通一些杂感，自然是冷嘲的多。如对于某事物有所不满，自然就不满（迅案：此字似有误）有冷嘲的文章出来。鲁迅先生对于这样也看不上眼，对于那样也看不上眼，所以对于这样又有感想，对于那样又有感想了。

我们村上有个老女人，丑而多怪。一天到晚专门爱说人家的短处，到了东村头摇了一下头，跑到了西村头叹了一口气。好像一切总不合她的胃。但是，你真的问她倒底要怎样呢，她又说不出。我觉得她倒有些像鲁迅先生，一天到晚只是讽刺，只是冷嘲，只是不负责任的发一点杂感。当真你要问他究竟的主张，他又从来不给我们一个鲜明的回答。

十月三十一日，《中央日报》的《中央公园》。

文坛与擂台

鸣　春

上海的文坛变成了擂台。鲁迅先生是这擂台上的霸王。鲁迅先生好像在自己的房间里带了一付透视一切的望远镜，如果发现文坛上那一个的言论与行为有些瑕疵，他马上横枪跃马，打得人家落花流水。因此，鲁迅先生就不得不花去可贵的时间，而去想如何锋利他的笔端，如何达到挖苦人的顶点，如何要打得人家永不得翻身。

关于这，我替鲁迅先生想想有些不大合算。鲁迅先生你先要认清了自己的地位，就是反对你的人，暗里总不敢否认你是中国顶出色的作家；既然你的言论，可以影响青年，那么你的言论就应该慎重。请你自己想想，在写《阿Q传》之后，有多少时间浪费在笔战上？而这种笔战，对一般青年发生了何种影响？

第一流的作家们既然常时混战，则一般文艺青年少不得在这战术上学许多乖，流弊所及，往往越淮北而变枳，批评人的人常离开被批评者的言论与思想，笔头一转而去骂人家的私事，说人家眼镜带得很难看，甚至说人家皮鞋前面破了个小洞；甚至血偾脉张要辱及人家的父母，甚至要丢下笔杆动拳头。我说，养成现在文坛上这种浮嚣，下流，粗暴等等的坏习气，像鲁迅先生这一般人多少总要负一点儿责任的。

其实，有许多笔战，是不需要的，譬如有人提倡词的解放，你就是不骂，不见得有人去跟他也填一首"管他娘"的词；有人提倡读《庄子》与《文选》，也不见得就是教青年去吃鸦片烟，你又何必咬紧牙根，横睁两眼，给人以难堪呢？

我记得一个精通中文的俄国文人 B.A.Vassiliev 对鲁迅先生的《阿Q传》曾经下过这样的批评："鲁迅是反映中国大众的灵魂的作家，其幽默的风格，是使人流泪，故鲁迅不独为中国的作家，同时亦为世界的一员。"鲁迅先生，你现在亦垂垂老矣，你念起往日的光荣，当你现在阅历最多，观察最深，生活经验最丰富的时候，更应当如何去发奋多写几部比《阿Q传》更伟大的著作？伟大的著作，虽不能传之千年不朽。但是笔战的文章，一星期后也许人就要遗忘。青年人佩服一个伟大的文学家，实在更胜于佩服一个擂台上的霸主。我们读的是莎士比亚、托尔斯泰、哥德，这般人的文章，而并没有看到他们的"骂人文选"。

十一月十六日，《中央日报》的《中央公园》。

这两位，一位比我为老丑的女人，一位愿我有"伟大的著作"，说法不同，目的却一致的，就是讨厌我"对于这样又有感想，对于那样又有感想"，于是而时时有"杂文"。这的确令人讨厌的，但因此也更见其要紧，因为"中国的大众的灵魂"，现在是反映在我的杂文里了。

洲先生刺我不给他们一个鲜明的主张，这用意，我是懂得的；但颇诧异鸣春先生的引了莎士比亚之流一大串。不知道为什么，近一年来，竟常常有人诱我去学托尔斯泰了，也许就因为"并没有看到他们的'骂人文选'"，给我一个好榜样。可是我看见过欧战时候他骂皇帝的信，在中国，也要得到"养成现在文坛上这种浮嚣，下流，粗暴等等的坏习气"的罪名的。托尔斯泰学不到，学到了也难做人，他生存时，希腊教徒就年年诅咒他落地狱。

中间就夹两篇《时事新报》上的文章——

略论告密

陈　代

最怕而且最恨被告密的可说是鲁迅先生，就在《伪自由书》，"一名：《不三不四集》"的《前记》与《后记》里也常可看到他在注意到这一点。可是鲁迅先生所说的告密，并不是有人把他的住处，或者什么时候，他在什么地方，去密告巡捕房（或者什么要他的"密"的别的机关？），以致使他被捕的意思。他的意思，是有人把"因为"他"旧日的笔名有时不能通用，便改题了"的什么宣说出来，而使人知道"什么就是鲁迅"。

"这回，"鲁迅先生说，"是王平陵先生告发于前，周木斋先生揭露于后"；他却忘了说编者暗示于鲁迅先生尚未上场之先。因为在何家干先生和其他一位先生将上台的时候，编者先介绍说，这将上场的两位是文坛老将。于是人家便提起精神来等那两位文坛老将的上场。要是在异地，或者说换过一个局面，鲁迅先生是也许会说编者是在放冷箭的。

看到一个生疏的名字在什么附刊上出现，就想知道那个名字是真名呢，还是别的熟名字的又一笔名，想也是人情之常。即就鲁迅先生说，他看完了王平陵先生的《"最通的"文艺》，便禁不住问:"这位王平陵先生我不知道是真名还是笔名?"要是他知道了那是谁的笔名的话,他也许会说出那就是谁来的。这不会是怎样的诬蔑,我相信,因为于他所知道的他不是在实说"柳丝是杨邨人先生……的笔名",而表示着欺不了他?

还有,要是要告密,为什么一定要出之"公开的"形式?秘密的不是于告密者更为安全?我有些怀疑告密者的聪敏,要是真有这样的告密者的话。

而在那些用这个那个笔名零星发表的文章,剪贴成集子的时候,作者便把这许多名字紧缩成一个,看来好像作者自己是他的最后的告密者。

十一月二十一日,《时事新报》的《青光》。

略论放暗箭

陈 代

前日读了鲁迅先生的《伪自由书》的《前记》与《后记》,略论了告密的,现在读了唐晴先生的《新脸谱》,止不住又要来略论放暗箭。

在《新脸谱》中,唐先生攻击的方面是很广的,而其一方是"放暗箭"。可是唐先生的文章又几乎全为"暗箭"所织成,虽然有许多箭标是看不大清楚的。

"说是受着潮流的影响,文舞台的戏儿一出出换了。脚色虽然依旧,而脸谱却是簇新的。"——是暗箭的第一条。虽说是暗箭,射倒射中了的。因为现在的确有许多文脚色,为要博看客的喝采起见,放着演惯的旧戏不演演新戏,嘴上还"说是受着潮流的影响",以表示他的不落后。还有些甚至不要说脚色依旧,就是脸谱也并不簇新,只是换了一个新的题目,演的还是那旧的一套:如把《薛平贵西凉招亲》改题着《穆薛姻缘》之类,内容都一切依旧。

第二箭是——不,不能这样写下去,要这样写下去,是要有很广博的识见的,因为那文章一句一箭,或者甚至一句数箭,看得人眼花头眩,竟无从把它把捉住,比读硬性的翻译还难懂得多。

可是唐先生自己似乎又并不满意这样的态度，不然为什么要骂人家"怪声怪气地吆喝，妞妞妮妮的挑战"？然而，在事实上，他是在"怪声怪气地吆喝，妞妞妮妮的挑战"。

或者说，他并不是在挑战，只是放放暗箭，因为"鏖战"，即使是"拉拉扯扯的"，究竟吃力，而且"败了""再来"的时候还得去"重画"脸谱。放暗箭多省事，躲在隐暗处，看到了什么可射的，便轻展弓弦，而箭就向前舒散地直飞。可是他又在骂放暗箭。

要自己先能放暗箭，然后才能骂人放。

十一月二十二日，《时事新报》的《青光》。

这位陈先生是讨伐军中的最低能的一位，他连自己后来的说明和别人豫先的揭发的区别都不知道。倘使我被谋害而终于不死，后来竟得"寿终×寝"，他是会说我自己乃是"最后的凶手"的。

他还问：要是要告密，为什么一定要出之"公开的"形式？答曰：这确是比较的难懂一点，但也就是因为要告得像个"文学家"的缘故呀，要不然，他就得下野，分明的排进探坛里去了。有意的和无意的的区别，我是知道的。我所谓告密，是指着叭儿们，我看这"陈代"先生就正是其中的一匹。你想，消息不灵，不是反而不便当么？

第二篇恐怕只有他自己懂。我只懂得一点：他这回嗅得不对，误以唐晴先生为就是我了。采在这里，只不过充充自为我的论敌的标本的一种而已。

其次是要剪一篇《大晚报》上的东西——

钱基博之鲁迅论

戚 施

近人有裒集关于批评鲁迅之文字而为《鲁迅论》一书者，其中所收，类皆称颂鲁迅之辞，其实论鲁迅之文者，有毁有誉，毁誉互见，乃得其真。顷见钱基博氏所著《现代中国文学史》，长至三十万言，其论白话文学，不过一万余字，仅以胡适入选，而以鲁迅、徐志摩附焉。于此诸人，大肆訾謷。迩来旧作文家，品藻文字，裁量人物，未有若钱氏之大胆者，而新人未尝注意及之。兹特介绍其"鲁迅论"于此，是亦文坛上之趣闻也。

钱氏之言曰，有摹仿欧文而谥之曰欧化的国语文学者，始倡于浙江周树人之译西洋小说，以顺文直译之为尚，斥意译之不忠实，而摹欧文以国语，比鹦鹉之学舌，托于象胥，斯为作俑。效颦者乃至造述抒志，亦竞欧化，《小说月报》，盛扬其焰。然而诘屈聱牙，过于周诰，学士费解，何论民众？上海曹慕管笑之曰，吾侪生愿读欧文，不愿见此妙文也！比于时装妇人着高底西女式鞋，而跬步倾跌，益增丑态矣！崇效古人，斥曰奴性，摹仿外国，独非奴性耶。反唇之讥，或谑近虐！然始之创白话文以期言文一致，家喻户晓者，不以欧化的国语文学之兴而荒其志耶？斯则矛盾之说，无以自圆者矣，此于鲁迅之直译外国文学，及其文坛之影响，而加以訾謷者也。平心论之，鲁迅之译品，诚有难读之处，直译当否是一问题，欧化的国语文学又是一问题，借曰二者胥有未当，谁尸其咎，亦难言之也。钱先生而谓鄙言为不然耶？

钱先生又曰，自胡适之创白话文学也，所持以号于天下者，曰平民文学也！非贵族文学也。一时景附以有大名者，周树人以小说著。树人颓废，不适于奋斗。树人所著，只有过去回忆，而不知建设将来，只见小己愤慨，而不图福利民众，若而人者，彼其心目，何尝有民众耶！钱先生因此而断之曰，周树人、徐志摩为新文艺之右倾者。是则于鲁迅之创作亦加以訾謷，兼及其思想矣。至目鲁迅为右倾，亦可谓独具只眼，别有鉴裁者也！既不满意于郭沫若、蒋光赤之左倾，又不满意于鲁迅、徐志摩之右倾，而惟倾慕于所谓"让清"遗老之流风余韵，低徊感喟而不能自已，钱先生之志，皎然可睹矣。当今之世，左右做人难，是非无定质，亦于钱先生之论鲁迅见之也！

钱氏此书出版于本年九月，尚有上年十二月之跋记云。

十二月二十九日，《大晚报》的《火炬》。

这篇大文,除用戚施先生的话,赞为"独具只眼"之外,是不能有第二句的。真"评"得连我自己也不想再说什么话,"颓废"了。然而我觉得它很有趣,所以特别的保存起来,也是以备"鲁迅论"之一格。

最后是《大美晚报》,出台的又是曾经有过文字上的交涉的王平陵先生——

骂人与自供

王平陵

学问之事,很不容易说,一般通材硕儒每不屑与后生小子道长论短,有所述作,无不讥为"浅薄无聊";同样,较有修养的年轻人,看着那般通材硕儒们言必称苏俄,文必宗普鲁,亦颇觉得如嚼青梅,齿颊间酸不可耐。

世界上无论什么纷争,都有停止的可能,惟有人类思想的冲突,因为多半是近于意气,断没有终止的时候的。有些人好像把毁谤人家故意找寻人家的错误当作是一种职业;而以直接否认一切就算是间接抬高自己的妙策了。至于自己究竟是什么东西,那只许他们自己知道,别人是不准过问的。其实,有时候这些人意在对人而发的阴险的暗示,倒并不适切;而正是他们自己的一篇不自觉的供状。

圣经里好像有这样一段传说:一群街头人捉着一个偷汉的淫妇,大家要把石块打死她。耶稣说:"你们反省着!只有没有犯过罪的人,才配打死这个淫妇。"群众都羞愧地走开了。今之文坛,可不是这样?自己偷了汉,偏要指说人家是淫妇。如同鲁迅先生惯用的一句刻毒的评语,就就骂人是代表官方说话;我不知道他老先生是代表什么"方"说话!

本来,不想说话的人,是无话可说;有话要说;有话要说的人谁也不会想到是代表那一方。鲁迅先生常常"以己之心,度人之心",未免"躬自薄而厚责于人"了。

像这样的情形,文坛有的是,何止是鲁迅先生。

十二月三十日，《大美晚报》的《火树》。

记得在《伪自由书》里，我曾指王先生的高论为属于"官方"，这回就是对此而发的，但意义却不大明白。由"自己偷了汉，偏要指说人家是淫妇"的话看起来；好像是说我倒是"官方"，而不知"有话要说的人谁也不会想到是代表那一方"的。所以如果想到了，那么，说人反动的。他自己正是反动，说人匪徒的，他自己正是匪徒……且住，又是"刻毒的评语"了，耶稣不说过"你们反省着"吗？——为消灾计，再添一条小尾：这坏习气只以文坛为限，与官方无干。

王平陵先生是电影检查会的委员，我应该谨守小民的规矩。

真的且住。写的和剪贴的，也就是自己的和别人的，化了大半夜工夫，恐怕又有八九千字了。这一条尾巴又并不小。

时光，是一天天的过去了，大大小小的事情，也跟着过去，不久就在我们的记忆上消亡；而且都是分散的，就我自己而论，没有感到和没有知道的事情真不知有多少。但即此写了下来的几十篇，加以排比，又用《后记》来补叙些因此而生的纠纷，同时也照见了时事，格局虽小，不也描出了或一形象么？——而现在又很少有肯低下他仰视莎士比亚，托尔斯泰的尊脸来，看看暗中，写它几句的作者。因此更使我要保存我的杂感，而且它也因此更能够生存，虽然又因此更招人憎恶，但又在围剿中更加生长起来了。呜呼，"世无英雄，遂使竖子成名"，这是为我自己和中国的文坛，都应该悲愤的。

文坛上的事件还多得很：献检查之秘计，施离析之奇策，起谣逐兮中权，藏真实兮心曲，立降幡于往年，温故交于今日……然而都不是做这《准风月谈》时期以内的事，在这里也且不提及，或永不提及了。还是真的带住罢，写到我的背脊已经觉得有些痛楚的时候了！

一九三四年十月十六夜，鲁迅记于上海。

且介亭杂文

/选编/

关于中国的两三件事

一 关于中国的火

希腊人所用的火,听说是在一直先前,普洛美修斯从天上偷来的,但中国的却和它不同,是燧人氏自家所发见——或者该说是发明罢。因为并非偷儿,所以拴在山上给老雕去啄的灾难是免掉了,然而也没有普洛美修斯那样的被传扬,被崇拜。

中国也有火神的。但那可不是燧人氏,而是随意放火的莫名其妙的东西。

自从燧人氏发见,或者发明了火以来,能够很有味的吃火锅,点起灯来,夜里也可以工作了,但是,真如先哲之所谓"有一利必有一弊"罢,同时也开始了火灾,故意点上火,烧掉那有巢氏所发明的巢的了不起的人物也出现了。

和善的燧人氏是该被忘却的。即使伤了食,这回是属于神农氏的领域了,所以那神农氏,至今还被人们所记得。至于火灾,虽然不知道那发明家究竟是什么人,但祖师总归是有的,于是没有法,只好漫称之曰火神,而献以敬畏。看他的画像,是红面孔,红胡须,不过祭祀的时候,却须避去一切红色的东西,而代之以绿色。他大约像西班牙的牛一样,一看见红色,便会亢奋起来,做出一种可怕的行动的。

他因此受着崇祀。在中国,这样的恶神还很多。

然而,在人世间,倒似乎因了他们而热闹。赛会也只有火神的,燧人氏的却没有。倘有火灾,则被灾的和邻近的没有被灾的人们,都要祭火神,以表感谢之意。被了灾还要来表感谢之意,虽然未免有些出于意外,但若不祭,据说是第二回还会烧,所以还是感谢了的安全。而且也不但对于火神,就是对于人,有时也一样的这么办,我想,大约也是礼仪的一种罢。

其实,放火,是很可怕的,然而比起烧饭来,却也许更有趣。外国的事情我不知道,若在中国,则无论查检怎样的历史,总寻不出烧饭和点灯的人们的列传来。在社会上,即使怎样的善于烧饭,善于点灯,也毫没有成为名人的希望。然而秦始皇一烧书,至今还俨然做着名人,至于引为希特拉烧书事件的先例。假使希特拉太太善于开电灯,烤面包罢,那么,要在历史上寻一点先例,恐怕可就难了。但是,幸而那样的事,是不会哄动一世的。

烧掉房子的事,据宋人的笔记说,是开始于蒙古人的。因为他们住着帐篷,不知道住房子,所以就一路的放火。然而,这是诳话。蒙古人中,懂得汉文的很少,所以不来更正的。其实,秦的末年就有着放火的名人项羽在,一烧阿房宫,便天下闻名,至今还会在戏台上出现,连在日本也很有名。然而,在未烧以前的阿房宫里每天点灯的人们,又有谁知道他们的名姓呢?

现在是爆裂弹呀,烧夷弹呀之类的东西已经做出,加以飞机也很进步,如果要做名人,就更加容易了。而且如果放火比先前放得大,那么,那人就也更加受尊敬,从远处看去,恰如救世主一样,而那火光,便令人以为是光明。

二 关于中国的王道

在前年,曾经拜读过中里介山氏的大作《给支那及支那国民的信》。只记得那里面说,周、汉都有着侵略者的资质。而支那人都讴歌他,欢迎他了。连对于朔北的元和清,也加以讴歌了。只要那侵略,有着安定国家之力,保护民生之实,那便是支那人民所渴望的王道,于是对于支那人的执迷不悟之点,愤慨得非常。

那"信",在满洲出版的杂志上,是被译载了的,但因为未曾输入中国,所以像是回信的东西,至今一篇也没有见。只在去年的上海报上所载的胡适博士的谈话里,有的说,"只有一个方法可以征服中国,即彻底停止侵略,反过来征服中国民族的心。"不消说，那不过是偶然的，但也有些令人觉得好像是对于那信的答复。

征服中国民族的心，这是胡适博士给中国之所谓王道所下的定义，然而我想，他自己恐怕也未必相信自己的话的罢。在中国，其实是彻底的未曾有过王道，"有历史癖和考据癖"的胡博士，该是不至于不知道的。

不错，中国也有过讴歌了元和清的人们，但那是感谢火神之类，并非连心也全被征服了的证据。如果给与一个暗示，说是倘不讴歌，便将更加虐待，那么，即使加以或一程度的虐待，也还可以使人们来讴歌。四五年前，我曾经加盟于一个要求自由的团体，而那时的上海教育局长陈德征氏勃然大怒道，在三民主义的统治之下，还觉得不满么？那可连现在所给与着的一点自由也要收起了。而且，真的是收起了。每当感到比先前更不自由的时候，我一面佩服着陈氏的精通王道的学识，一面有时也不免想，真该是讴歌三民主义的。然而，现在是已经太晚了。

在中国的王道，看去虽然好像是和霸道对立的东西，其实却是兄弟，这之前和之后，一定要有霸道跑来的。人民之所讴歌，就为了希望霸道的减轻，或者不更加重的缘故。

汉的高祖，据历史家说，是龙种，但其实是无赖出身，说是侵略者，恐怕有些不对的。至于周的武王，则以征伐之名入中国，加以和殷似乎连民族也不同，用现代的话来说，那可是侵略者。然而那时的民众的声音，现在已经没有留存了。孔子和孟子确曾大大的宣传过那王道，但先生们不但是周朝的臣民而已，并且周游历国，有所活动，所以恐怕是为了想做官也难说。说得好看一点，就是因为要"行道"，倘做了官，于行道就较为便当，而要做官，则不如称赞周朝之为便当的。然而，看起别的记载来，却虽是那王道的祖师而且专家的周朝，当讨伐之初，也有伯夷和叔齐扣马而谏，非拖开不可；纣的军队也加反抗，非使他们的血流到漂杵不可。接着是殷民又造了反，虽然特别称之曰"顽民"，从王道天下的人民中除开，但总之，似乎究竟有了一种什么破绽似的。好个王道，只消一个顽民，便将它弄得毫无根据了。

儒士和方士，是中国特产的名物。方士的最高理想是仙道，儒士的便是王道。但可惜的是这两件在中国终于都没有。据长久的历史上的事实所证明,则倘说先前曾有真的王道者,是妄言,说现在还有者,是新药。孟子生于周季,所以以谈霸道为羞,倘使生于今日,则跟着人类的智识范围的展开,怕要羞谈王道的罢。

三　关于中国的监狱

我想,人们是的确由事实而从新省悟,而事情又由此发生变化的。从宋朝到清朝的末年,许多年间,专以代圣贤立言的"制艺"这一种烦难的文章取士,到得和法国打了败仗,这才省悟了这方法的错误。于是派留学生到西洋,开设兵器制造局,作为那改正的手段。省悟到这还不够,是在和日本打了败仗之后,这回是竭力开起学校来。于是学生们年年大闹了。从清朝倒掉,国民党掌握政权的时候起,才又省悟了这错误,作为那改正的手段的,是除了大造监狱之外,什么也没有了。

在中国,国粹式的监狱,是早已各处都有的,到清末,就也造了一点西洋式,即所谓文明式的监狱。那是为了示给旅行到此的外国人而建造,应该与为了和外国人好互相应酬,特地派出去,学些文明人的礼节的留学生,属于同一种类的。托了这福,犯人的待遇也还好,给洗澡,也给一定分量的饭吃,所以倒是颇为幸福的地方。但是,就在两三礼拜前,政府因为要行仁政了,还发过一个不准克扣囚粮的命令。从此以后,可更加幸福了。

至于旧式的监狱,则因为好像是取法于佛教的地狱的,所以不但禁锢犯人,此外还有给他吃苦的职掌。挤取金钱,使犯人的家属穷到透顶的职掌,有时也会兼带的。但大家都以为应该。如果有谁反对罢,那就等于替犯人说话,便要受恶党的嫌疑。然而文明是出奇的进步了,所以去年也有了提倡每年该放犯人回家一趟,给以解决性欲的机会的,颇是人道主义气味之说的官吏。其实,他也并非对于犯人的性欲,特别表着同情,不过因为总不愁竟会实行的,所以也就高声嚷一下,以见自己的作为官吏的存在。然而舆论颇为沸腾了。有一位批评家，还以为这么一来，大家便要不怕牢监，高高兴兴的进去了，很为世道人心愤慨了一下。受了所谓圣贤之教那么久，竟还没有那位官吏的圆滑，固然也令人觉得诚实可靠，然而他的意见，是以为对于犯人，非加虐待不可，却也因此可见了。

从别一条路想，监狱确也并非没有不像以"安全第一"为标语的人们的理想乡的地方。火灾极少，偷儿不来，土匪也一定不来抢。即使打仗，也决没有以监狱为目标，施行轰炸的傻子；即使革命，有释放囚犯的例，而加以屠戮的是没有的。当福建独立之初，虽有说是释放犯人，而一到外面，和他们自己意见不同的人们倒反而失踪了的谣言，然而这样的例子，以前是未曾有过的。总而言之，似乎也并非很坏的处所。只要准带家眷，则即使不是现在似的大水，饥荒，战争，恐怖的时候，请求搬进去住的人们，也未必一定没有的。于是虐待就成为必不可少了。

牛兰夫妇，作为赤化宣传者而关在南京的监狱里，也绝食了三四回了，可是什么效力也没有。这是因为他不知道中国的监狱的精神的缘故。有一位官员诧异的说过：他自己不吃，和别人有什么关系呢？岂但和仁政并无关系而呢，省些食料，倒是于监狱有益的。甘地的把戏，倘不挑选兴行场，就毫无成效了。

然而，在这样的近于完美的监狱里，却还剩着一种缺点。至今为止，对于思想上的事，都没有很留心。为要弥补这缺点，是在近来新发明的叫作"反省院"的特种监狱里，施着教育。我还没有到那里面去反省过，所以并不知道详情，但要而言之，好像是将三民主义时时讲给犯人听，使他反省着自己的错误。听人说，此外还得做排击共产主义的论文。如果不肯做，或者不能做，那自然，非终身反省不可了，而做得不够格，也还是非反省到死则不可。现在是进去的也有，出来的也有，因为听说还得添造反省院，可见还是进去的多了。考完放出的良民，偶尔也可以遇见，但仿佛大抵是萎靡不振，恐怕是在反省和毕业论文上，将力气使尽了罢。那前途，是在没有希望这一面的。

拿来主义

中国一向是所谓"闭关主义",自己不去,别人也不许来。自从给枪炮打破了大门之后,又碰了一串钉子,到现在,成了什么都是"送去主义"了。别的且不说罢,单是学艺上的东西,近来就先送一批古董到巴黎去展览,但终"不知后事如何";还有几位"大师"们捧着几张古画和新画,在欧洲各国一路的挂过去,叫作"发扬国光"。听说不远还要送梅兰芳博士到苏联去,以催进"象征主义",此后是顺便到欧洲传道。我在这里不想讨论梅博士演艺和象征主义的关系,总之,活人替代了古董,我敢说,也可以算得显出一点进步了。

但我们没有人根据了"礼尚往来"的仪节,说道:拿来!

当然,能够只是送出去,也不算坏事情,一者见得丰富,二者见得大度。尼采就自诩过他是太阳,光热无穷,只是给与,不想取得。然而尼采究竟不是太阳,他发了疯。中国也不是,虽然有人说,掘起地下的煤来,就足够全世界几百年之用。但是,几百年之后呢?几百年之后,我们当然是化为魂灵,或上天堂,或落了地狱,但我们的子孙是在的,所以还应该给他们留下一点礼品。要不然,则当佳节大典之际,他们拿不出东西来,只好磕头贺喜,讨一点残羹冷炙做奖赏。这种奖赏,不要误解为"抛来"的东西,这是"抛给"的,说得冠冕些,可以称之为"送来",我在这里不想举出实例。

我在这里也并不想对于"送去"再说什么,否则太不"摩登"了。我只想鼓吹我们再吝啬一点,"送去"之外,还得"拿来",是为"拿来主义"。

但我们被"送来"的东西吓怕了。先有英国的鸦片,德国的废枪炮,后有法国的香粉,美国的电影,日本的印着"完全国货"

的各种小东西。于是连清醒的青年们,也对于洋货发生了恐怖。其实,这正是因为那是"送来"的,而不是"拿来"的缘故。

所以我们要运用脑髓,放出眼光,自己来拿!

譬如罢,我们之中的一个穷青年,因为祖上的阴功(姑且让我这么说说罢),得了一所大宅子,且不问他是骗来的,抢来的,或合法继承的,或是做了女婿换来的。那么,怎么办呢?我想,首先是不管三七二十一,"拿来!"但是,如果反对这宅子的旧主人,怕给他的东西染污了,徘徊不敢走进门,是孱头;勃然大怒,放一把火烧光,算是保存自己的清白,则是昏蛋。不过因为原是羡慕这宅子的旧主人的,而这回接受一切,欣欣然的蹩进卧室,大吸剩下的鸦片,那当然更是废物。"拿来主义"者是全不这样的。

他占有,挑选。看见鱼翅,并不就抛在路上以显其"平民化",只要有养料,也和朋友们像萝卜白菜一样的吃掉,只不用它来宴大宾;看见鸦片,也不当众摔在毛厕里,以见其彻底革命,只送到药房里去,以供治病之用,却不弄"出售存膏,售完即止"的玄虚。只有烟枪和烟灯,虽然形式和印度,波斯,阿剌伯的烟具都不同,确可以算是一种国粹,倘使背着周游世界,一定会有人看,但我想,除了送一点进博物馆之外,其余的是大可以毁掉的了。还有一群姨太太,也大以请她们各自走散为是,要不然,"拿来主义"怕未免有些危机。

总之,我们要拿来。我们要或使用,或存放,或毁灭。那么,主人是新主人,宅子也就会成为新宅子。然而首先要这人沉着,勇猛,有辨别,不自私。没有拿来的,人不能自成为新人,没有拿来的,文艺不能自成为新文艺。

六月四日。

隔　膜

　　清朝初年的文字之狱，到清朝末年才被从新提起。最起劲的是"南社"里的有几个人，为被害者辑印遗集；还有些留学生，也争从日本搬回文证来。待到孟森的《心史丛刊》出，我们这才明白了较详细的状况，大家向来的意见，总以为文字之祸，是起于笑骂了清朝。然而，其实是不尽然的。

　　这一两年来，故宫博物院的故事似乎不大能够令人敬服，但它却印给了我们一种好书，曰《清代文字狱档》，去年已经出到八辑。其中的案件，真是五花八门，而最有趣的，则莫如乾隆四十八年二月"冯起炎注解易诗二经欲行投呈案"。

　　冯起炎是山西临汾县的生员，闻乾隆将谒泰陵，便身怀著作，在路上徘徊，意图呈进，不料先以"形迹可疑"被捕了。那著作，是以《易》解《诗》，实则信口开河，在这里犯不上抄录，惟结尾有"自传"似的文章一大段，却是十分特别的——

　　"又，臣之来也，不愿如何如何，亦别无愿求之事，惟有一事未决，请对陛下一叙其缘由。臣……名曰冯起炎，字是南州，尝到臣张三姨母家，见一女，可娶，而恨不足以办此。此女名曰小女，年十七岁，方当待字之年，而正在未字之时，乃原籍东关春牛厂长兴号张守忭之次女也。又到臣杜五姨母家，见一女，可娶，而恨力不足以办此。此女名小凤，年十三岁，虽非必字之年，而已在可字之时，乃本京东城闹市口瑞生号杜月之次女也。若以陛下之力，差干员一人，选快马一匹，克日长驱到临邑，问彼临邑之地方官：'其东关春牛厂长兴号中果有张守忭一人否？'诚如是也，则此事谐矣。再问：'东城闹市口瑞生号中果有杜月一人否？'诚如是也，则此事谐矣。二事谐，则臣之愿毕矣。然臣之来也，方不知陛下纳臣之言耶否耶，而必以此等事相强乎？特进言之际，一叙及之。"

这何尝有丝毫恶意？不过着了当时通行的才子佳人小说的迷，想一举成名，天子做媒，表妹入抱而已。不料事实的结局却不大好，署直隶总督袁守侗拟奏的罪名是"阅其呈首，胆敢于圣主之前，混讲经书，而呈尾措词，尤属狂妄。核其情罪，较冲突仪仗为更重。冯起炎一犯，应从重发往黑龙江等处，给披甲人为奴。俟部复到日，照例解部刺字发遣。"这位才子，后来大约终于单身出关做西崑去了。

此外的案情，虽然没有这么风雅，但并非反动的还不少。有的是卤莽；有的是发疯；有的是乡曲迂儒，真的不识讳忌；有的则是草野愚民，实在关心皇家。而运命大概很悲惨，不是凌迟，灭族，便是立刻杀头，或者"斩监候"，也仍然活不出。

凡这等事，粗略的一看，先使我们觉得清朝的凶虐，其次，是死者的可怜。但再来一想，事情是并不这么简单的。这些惨案的来由，都只为了"隔膜"。

满洲人自己，就严分着主奴，大臣奏事，必称"奴才"，而汉人却称"臣"就好。这并非因为是"炎黄之胄"，特地优待，锡以嘉名的，其实是所以别于满人的"奴才"，其地位还下于"奴才"数等。奴隶只能奉行，不许言议；评论固然不可，妄自颂扬也不可，这就是"思不出其位"。譬如说：主子，您这袍角有些儿破了，拖下去怕更要破烂，还是补一补好。进言者方自以为在尽忠，而其实却犯了罪，因为另有准其讲这样的话的人在，不是谁都可说的。一乱说，便是"越俎代谋"，当然"罪有应得"。倘自以为是"忠而获咎"，那不过是自己的胡涂。

但是，清朝的开国之君是十分聪明的，他们虽然打定了这样的主意，嘴里却并不照样说，用的是中国的古训："爱民如子"，"一视同仁"。一部分的大臣，士大夫，是明白这奥妙的，并不敢相信。但有一些简单愚蠢的人们却上了当，真以为"陛下"是自己的老子，亲亲热热的撒娇讨好去了。他那里要这被征服者做儿子呢？于是乎杀掉。不久，儿子们吓得不再开口了，计划居然成功；

直到光绪时康有为们的上书,才又冲破了"祖宗的成法"。然而这奥妙,好像至今还没有人来说明。

　　施蛰存先生在《文艺风景》创刊号里,很为"忠而获咎"者不平,就因为还不免有些"隔膜"的缘故。这是《颜氏家训》或《庄子》《文选》里所没有的。

六月十日。

买《小学大全》记

　　线装书真是买不起了。乾隆时候的刻本的价钱，几乎等于那时的宋本。明版小说，是五四运动以后飞涨的；从今年起，洪运怕要轮到小品文身上去了。至清朝禁书，则民元革命后就是宝贝，即使并无足观的著作，也常要百余元至数十元。我向来也走走旧书坊，但对于这类宝书，却从不敢作非分之想。端午节前，在四马路一带闲逛，竟在无意之间买到了一种，曰《小学大全》，共五本，价七角，看这名目，是不大有人会欢迎的，然而，却是清朝的禁书。

　　这书的编纂者尹嘉铨，博野人；他父亲尹会一，是有名的孝子，乾隆皇帝曾经给过褒扬的诗。他本身也是孝子，又是道学家，官又做到大理寺卿稽察觉罗学。还请令旗籍子弟也讲读朱子的《小学》，而"荷蒙朱批：所奏是。钦此。"这部书便成于两年之后的，加疏的《小学》六卷，《考证》和《释文》，《或问》各一卷，《后编》二卷，合成一函，是为《大全》。也曾进呈，终于在乾隆四十二年九月十七日奉旨："好！知道了。钦此。"那明明是得了皇帝的嘉许的。

　　到乾隆四十六年，他已经致仕回家了，但真所谓"及其老也，戒之在得"罢，虽然欲得的乃是"名"，也还是一样的招了大祸。这年三月，乾隆行经保定，尹嘉铨便使儿子送了一本奏章，为他的父亲请谥，朱批是"与谥乃国家定典，岂可妄求。此奏本当交部治罪，念汝为父私情，姑免之。若再不安分家居，汝罪不可逭矣！钦此。"不过他豫先料不到会碰这样的大钉子，所以接着还有一本，是请许"我朝"名臣汤斌范文程李光地顾八代张伯行等从祀孔庙，"至于臣父尹会一，既蒙御制诗章褒嘉称孝，已在德行之科，自可从祀，非臣所敢请也。"这回可真出了大岔子，三月十八日的朱批是:"竟大肆狂吠,不可恕矣!钦此。"

乾隆时代的一定办法,是凡以文字获罪者,一面拿办,一面就查抄,这并非着重他的家产,乃在查看藏书和另外的文字,如果别有"狂吠",便可以一并治罪。因为乾隆的意见,是以为既敢"狂吠",必不止于一两声,非彻底根究不可的。尹嘉铨当然逃不出例外,和自己的被捕同时,他那博野的老家和北京的寓所,都被查抄了。藏书和别项著作,实在不少,但其实也并无什么干碍之作。不过那时是决不能这样就算的,经大学士三宝等再三审讯之后,定为"相应请旨将尹嘉铨照大逆律凌迟处死",幸而结果很宽大:"尹嘉铨著加恩免其凌迟之罪,改为处绞立决,其家属一并加恩免其缘坐"就完结了。

这也还是名儒兼孝子的尹嘉铨所不及料的。

这一回的文字狱,只绞杀了一个人,比起别的案子来,决不能算是大狱,但乾隆皇帝却颇费心机,发表了几篇文字。从这些文字和奏章(均见《清代文字狱档》第六辑)看来,这回的祸机虽然起于他的"不安分",但大原因,却在既以名儒自居,又请将名臣从祀:这都是大"不可恕"的地方。清朝虽然尊崇朱子,但止于"尊崇",却不许"学样",因为一学样,就要讲学,于是而有学说,于是而有门徒,于是而有门户,于是而有门户之争,这就足为"太平盛世"之累。况且以这样的"名儒"而做官,便不免以"名臣"自居,"妄自尊大"。乾隆是不承认清朝会有"名臣"的,他自己是"英主",是"明君",所以在他的统治之下,不能有奸臣,既没有特别坏的奸臣,也就没有特别好的名臣,一律都是不好不坏,无所谓好坏的奴子。

特别攻击道学先生,所以是那时的一种潮流,也就是"圣意"。我们所常见的,是纪昀总纂的《四库全书总目提要》和自著的《阅微草堂笔记》里的时时的排击。这就是迎合着这种潮流的,倘以为他秉性平易近人,所以憎恨了道学先生的谿刻,那是一种误解。大学士三宝也很明白这潮流,当会审尹嘉铨时,曾奏道:"查该犯如此狂悖不法,若即行定罪正法,尚不足以泄公愤而快人心。该犯曾任三品大员,相应遵例奏明,将该犯严加夹讯,多受刑法,问其究属何心,录取供词,具奏,再请旨立正典刑,方足以昭炯戒。"后来究竟用了夹棍没有,未曾查考,但看所录供词,却于用他的"丑行"来打倒他的道学的策略,是做得非常起劲的。现在抄三条在下面——

"问:尹嘉铨!你所书李孝女暮年不字事一篇,说'年逾五十,依然待字,吾妻李恭人闻而贤之,欲求淑女以相助,仲女固辞不就'等语。这处女既立志不嫁,已年过五旬,你为何叫你女人遣媒说合,要他做妾?这样没廉耻的事,难道是讲正经人干的么?据供:我说的李孝女年逾五十,依然待字,原因素日间知道雄县有个姓李的女子,守贞不字。吾女人要聘他为妾,我那时在京候补,并不知道;后来我女人告诉我,才知道的,所以替他做了这篇文字,要表扬他,实在我并没有见过他的面。但他年过五十,我还将要他做妾的话,做在文字内,这就是我廉耻丧尽,还有何辩。"

"问:你当时在皇上跟前讨赏翎子,说是没有翎子,就回去见不得你妻小。你这假道学怕老婆,到底皇上没有给你翎子,你如何回去的呢?据供:我当初在家时,曾向我妻子说过,要见皇上讨翎子,所以我彼时不辞冒昧,就妄求恩典,原想得了翎子回家,可以夸耀。后来皇上没有赏我,我回到家里,实在觉得害羞,难见妻子。这都是我假道学,怕老婆,是实。"

"问:你女人平日妒悍,所以替你娶妾,也要娶这五十岁女人给你,知道这女人断不肯嫁,他又得了不妒之名。总是你这假道学居常做惯这欺世盗名之事,你女人也学了你欺世盗名。你难道不知道么?供:我女人要替我讨妾,这五十岁李氏女子既已立志不嫁,断不肯做我的妾,我女人是明知的,所以借此要得不妒之名。总是我平日所做的事,俱系欺世盗名,所以我女人也学做此欺世盗名之事,难逃皇上洞鉴。"

还有一件要紧事是销毁和他有关的书。他的著述也真太多,计应"销毁"者有书籍八十六种,石刻七种,都是著作;应"撤毁"者有书籍六种,都是古书,而有他的序跋。《小学大全》虽不过

"疏辑"，然而是在"销毁"之列的。

但我所得的《小学大全》，却是光绪二十二年开雕，二十五年刊竣，而"宣统丁巳"（实是中华民国六年）重校的遗老本，有张锡恭跋云："世风不古若矣，愿读是书者，有以转移之。……"又有刘安涛跋云："晚近凌夷，益加甚焉，异言喧豗，显与是书相悖，一唱百和，……驯致家与国均蒙其害，唐虞三代以来先圣先贤蒙以养正之遗意，扫地尽矣。剥极必复，天地之心见焉。……"为了文字狱，使士子不敢治史，尤不敢言近代事，但一面却也使昧于掌故，乾隆朝所竭力"销毁"的书，虽遗老也不复明白，不到一百三十年，又从新奉为宝典了。这莫非也是"剥极必复"么？恐怕是遗老们的乾隆皇帝所不及料的罢。

但是，清的康熙，雍正和乾隆三个，尤其是后两个皇帝，对于"文艺政策"或说得较大一点的"文化统制"，却真尽了很大的努力的。文字狱不过是消极的一方面，积极的一面，则如钦定四库全书，于汉人的著作，无不加以取舍，所取的书，凡有涉及金元之处者，又大抵加以修改，作为定本。此外，对于"七经"，"二十四史"，《通鉴》，文士的诗文，和尚的语录，也都不肯放过，不是鉴定，便是评选，文苑中实在没有不被蹂躏的处所了。而且他们是深通汉文的异族的君主，以胜者的看法，来批评被征服的汉族的文化和人情，也鄙夷，但也恐惧，有苛论，但也有确评，文字狱只是由此而来的辣手的一种，那成果，由满洲这方面言，是的确不能说它没有效的。

现在这影响好像是淡下去了，遗老们的重刻《小学大全》，就是一个证据，但也可见被愚弄了的性灵，又终于并不清醒过来。近来明人小品，清代禁书，市价之高，决非穷读书人所敢窥觑，但《东华录》，《御批通鉴辑览》，《上谕八旗》，《雍正朱批谕旨》……等，却好像无人过问，其低廉为别的一切大部书所不及。倘有有心人加以收集，一一钩稽，将其中的关于驾御汉人，批评文化，利用文艺之处，分别排比，辑成一书，我想，我们不但可以看见那策略的博大和恶辣，并且还能够明白我们怎样受异族主子的驯扰，以及遗留至今的奴性的由来的罢。

  自然,这决不及赏玩性灵文字的有趣,然而借此知道一点演成了现在的所谓性灵的历史,却也十分有益的。

七月十日。

忆韦素园君

我也还有记忆的,但是,零落得很。我自己觉得我的记忆好像被刀刮过了的鱼鳞,有些还留在身体上,有些是掉在水里了,将水一搅,有几片还会翻腾,闪烁,然而中间混着血丝,连我自己也怕得因此污了赏鉴家的眼目。

现在有几个朋友要纪念韦素园君,我也须说几句话。是的,我是有这义务的。我只好连身外的水也搅一下,看看泛起怎样的东西来。

怕是十多年之前了罢,我在北京大学做讲师,有一天,在教师豫备室里遇见了一个头发和胡子统统长得要命的青年,这就是李霁野。我的认识素园,大约就是霁野绍介的罢,然而我忘记了那时的情景。现在留在记忆里的,是他已经坐在客店的一间小房子里计划出版了。

这一间小房子,就是未名社。

那时我正在编印两种小丛书,一种是《乌合丛书》,专收创作,一种是《未名丛刊》,专收翻译,都由北新书局出版。出版者和读者的不喜欢翻译书,那时和现在也并不两样,所以《未名丛刊》是特别冷落的。恰巧,素园他们愿意绍介外国文学到中国来,便和李小峰商量,要将《未名丛刊》移出,由几个同人自办。小峰一口答应了,于是这一种丛书便和北新书局脱离。稿子是我们自己的,另筹了一笔印费,就算开始。因这丛书的名目,连社名也就叫了"未名"——但并非"没有名目"的意思,是"还没有名目"的意思,恰如孩子的"还未成丁"似的。

未名社的同人,实在并没有什么雄心和大志,但是,愿意切切实实的,点点滴滴做下去的意志,却是大家一致的。而其中的骨干就是素园。

于是他坐在一间破小屋子,就是未名社里办事了,不过小半好像也因为他生着病,不能上学校去读书,因此便天然的轮着他守寨。

我最初的记忆是在这破寨里看见了素园,一个瘦小,精明,正经的青年,窗前的几排破旧外国书,在证明他穷着也还是钉住着文学。然而,我同时又有了一种坏印象,觉得和他是很难交往的,因为他笑影少。"笑影少"原是未名社同人的一种特色,不过素园显得最分明,一下子就能够令人感得。但到后来,我知道我的判断是错误了,和他也并不难于交往。他的不很笑,大约是因为年龄的不同,对我的一种特别态度罢,可惜我不能化为青年,使大家忘掉彼我,得到确证了。这真相,我想,霁野他们是知道的。

但待到我明白了我的误解之后,却同时又发见了一个他的致命伤:他太认真;虽然似乎沉静,然而他激烈。认真会是人的致命伤的么?至少,在那时以至现在,可以是的。一认真,便容易趋于激烈,发扬则送掉自己的命,沉静着,又啮碎了自己的心。

这里有一点小例子。——我们是只有小例子的。

那时候,因为段祺瑞总理和他的帮闲们的迫压,我已经逃到厦门,但北京的狐虎之威还正是无穷无尽。段派的女子师范大学校长林素园,带兵接收学校去了,演过全副武行之后,还指留着的几个教员为"共产党"。这个名词,一向就给有些人以"办事"上的便利,而且这方法,也是一种老谱,本来并不希罕的。但素园却好像激烈起来了,从此以后,他给我的信上,有好一晌竟憎恶"素园"两字而不用,改称为"漱园"。同时社内也发生了冲突,高长虹从上海寄信来,说素园压下了向培良的稿子,叫我讲一句话。我一声也不响。于是在《狂飙》上骂起来了,先骂素园,后是我。素园在北京压下了培良的稿子,却由上海的高长虹来抱不平,要在厦门的我去下判断,我颇觉得是出色的滑稽,而且一个团体,虽是小小的文学团体罢,每当光景艰难时,内部是一定有人起来捣乱的,这也并不希罕。然而素园却很认真,他不但写信给我,叙述着详情,还作文登在杂志上剖白。在"天才"们的法庭上,别人剖白得清楚的么?——我不禁长长的叹了一口气,想到他只是一个文人,又生着病,却这么拚命的对付着内忧外患,又怎么能够持久呢。自然,这仅仅是小忧患,但在认真而激烈的个人,却也相当的大的。

不久,未名社就被封,几个人还被捕。也许素园已经咯血,进了病院了罢,他不在内。但后来,被捕的释放,未名社也启封了,忽封忽启,忽捕忽放,我至今还不明白这是怎么的一个玩意。

我到广州,是第二年——一九二七年的秋初,仍旧陆续的接到他几封信,是在西山病院里,伏在枕头上写就的,因为医生不允许他起坐。他措辞更明显,思想也更清楚,更广大了,但也更使我担心他的病。有一天,我忽然接到一本书,是布面装订的素园翻译的《外套》。我一看明白,就打了一个寒噤:这明明是他送给我的一个纪念品,莫非他已经自觉了生命的期限么?

我不忍再翻阅这一本书,然而我没有法。

我因此记起,素园的一个好朋友也咯过血,一天竟对着素园咯起来,他慌张失措,用了爱和忧急的声音命令道:"你不许再吐了!"我那时却记起了伊孛生的《勃兰特》。他不是命令过去的人,从新起来,却并无这神力,只将自己埋在崩雪下面的么?……

我在空中看见了勃兰特和素园,但是我没有话。

一九二九年五月末,我最以为侥幸的是自己到西山病院去,和素园谈了天。他为了日光浴,皮肤被晒得很黑了,精神却并不萎顿。我们和几个朋友都很高兴。但我在高兴中,又时时夹着悲哀:忽而想到他的爱人,已由他同意之后,和别人订了婚;忽而想到他竟连绍介外国文学给中国的一点志愿,也怕难于达到;忽而想到他在这里静卧着,不知道他自以为是在等候全愈,还是等候灭亡;忽而想到他为什么要寄给我一本精装的《外套》?……

壁上还有一幅陀思妥也夫斯基的大画像。对于这先生,我是尊敬,佩服的,但我又恨他残酷到了冷静的文章。他布置了精神上的苦刑,一个个拉了不幸的人来,拷问给我们看。现在他用沉郁的眼光,凝视着素园和他的卧榻,好像在告诉我:这也是可以收在作品里的不幸的人。

自然,这不过是小不幸,但在素园个人,是相当的大的。

一九三二年八月一日晨五时半,素园终于病殁在北平同仁医院里了,一切计划,一切希望,也同归于尽。我所抱憾的是因为避祸,烧去了他的信札,我只能将一本《外套》当作唯一的纪念,永远放在自己的身边。

自素园病殁之后,转眼已是两年了,这其间,对于他,文坛上并没有人开口。这也不能算是希罕的,他既非天才,也非豪杰,活的时候,既不过在默默中生存,死了之后,当然也只好在默默中泯没。但对于我们,却是值得记念的青年,因为他在默默中支持了未名社。

未名社现在是几乎消灭了,那存在期,也并非长久。然而自素园经营以来,绍介了果戈理(N.Gogol),陀思妥也夫斯基(F.Dostoevsky),安特列夫(L.Andreev),绍介了望·蔼覃(F.van Eeden),绍介了爱伦堡(I.Ehrenburg)的《烟袋》和拉夫列涅夫(B.Lavrenev)的《四十一》。还印行了《未名新集》,其中有丛芜的《君山》,静农的《地之子》和《建塔者》,我的《朝华夕拾》,在那时候,也都还算是相当可看的作品。事实不为轻薄阴险小儿留情,曾几何年,他们就都已烟消火灭,然而未名社的译作,在文苑里却至今没有枯死的。

是的,但素园却并非天才,也非豪杰,当然更不是高楼的尖顶,或名园的美花,然而他是楼下的一块石材,园中的一撮泥土,在中国第一要他多。他不入于观赏者的眼中,只有建筑者和栽植者,决不会将他置之度外。

文人的遭殃,不在生前的被攻击和被冷落,一瞑之后,言行两亡,于是无聊之徒,谬托知己,是非蜂起,既以自衒,又以卖钱,连死尸也成了他们的沽名获利之具,这倒是值得悲哀的。现在我以这几千字纪念我所熟识的素园,但愿还没有营私肥己的处所,此外也别无话说了。

  我不知道以后是否还有记念的时候，倘止于这一次，那么，素园，从此别了！

      一九三四年七月十六之夜，鲁迅记。

忆刘半农君

　　这是小峰出给我的一个题目。

　　这题目并不出得过分。半农去世,我是应该哀悼的,因为他也是我的老朋友。但是,这是十来年前的话了,现在呢,可难说得很。

　　我已经忘记了怎么和他初次会面,以及他怎么能到了北京。他到北京,恐怕是在《新青年》投稿之后,由蔡子民先生或陈独秀先生去请来的,到了之后,当然更是《新青年》里的一个战士。他活泼,勇敢,很打了几次大仗。譬如罢,答王敬轩的双鐄信,"她"字和"牠"字的创造,就都是的。这两件,现在看起来,自然是琐屑得很,但那是十多年前,单是提倡新式标点,就会有一大群人"若丧考妣",恨不得"食肉寝皮"的时候,所以的确是"大仗"。现在的二十左右的青年,大约很少有人知道三十年前,单是剪下辫子就会坐牢或杀头的了。然而这曾经是事实。

　　但半农的活泼,有时颇近于草率,勇敢也有失之无谋的地方。但是,要商量袭击敌人的时候,他还是好伙伴,进行之际,心口并不相应,或者暗暗的给你一刀,他是决不会的。倘若失了算,那是因为没有算好的缘故。

　　《新青年》每出一期,就开一次编辑会,商定下一期的稿件。其时最惹我注意的是陈独秀和胡适之。假如将韬略比作一间仓库罢,独秀先生的是外面竖一面大旗,大书道:"内皆武器,来者小心!"但那门却开着的,里面有几枝枪,几把刀,一目了然,用不着提防。适之先生的是紧紧的关着门,门上粘一条小纸条道:"内无武器,请勿疑虑。"这自然可以是真的,但有些人——至少是我这样的人——有时总不免要侧着头想一想。半农却是令人不觉其有"武库"的一个人,所以我佩服陈胡,却亲近半农。

所谓亲近，不过是多谈闲天，一多谈，就露出了缺点。几乎有一年多，他没有消失掉从上海带来的才子必有"红袖添香夜读书"的艳福的思想，好容易才给我们骂掉了。但他好像到处都这么的乱说，使有些"学者"皱眉。有时候，连到《新青年》投稿都被排斥。他很勇于写稿，但试去看旧报去，很有几期是没有他的。那些人们批评他的为人，是：浅。

不错，半农确是浅。但他的浅，却如一条清溪，澄澈见底，纵有多少沉渣和腐草，也不掩其大体的清。倘使装的是烂泥，一时就看不出它的深浅来了；如果是烂泥的深渊呢，那就更不如浅一点的好。

但这些背后的批评，大约是很伤了半农的心的，他的到法国留学，我疑心大半就为此。我最懒于通信，从此我们就疏远起来了。他回来时，我才知道他在外国钞古书，后来也要标点《何典》，我那时还以老朋友自居，在序文上说了几句老实话，事后，才知道半农颇不高兴了，"驷不及舌"，也没有法子。另外还有一回关于《语丝》的彼此心照的不快活。五六年前，曾在上海的宴会上见过一回面，那时候，我们几乎已经无话可谈了。

近几年，半农渐渐的据了要津，我也渐渐的更将他忘却；但从报章上看见他禁称"蜜斯"之类，却很起了反感：我以为这些事情是不必半农来做的。从去年来，又看见他不断的做打油诗，弄烂古文，回想先前的交情，也往往不免长叹。我想，假如见面，而我还以老朋友自居，不给一个"今天天气……哈哈哈"完事，那就也许会弄到冲突的罢。

不过，半农的忠厚，是还使我感动的。我前年曾到北平，后来有人通知我，半农是要来看我的，有谁恐吓了他一下，不敢来了。这使我很惭愧，因为我到北平后，实在未曾有过访问半农的心思。

现在他死去了，我对于他的感情，和他生时也并无变化。我爱十年前的半农，而憎恶他的近几年。这憎恶是朋友的憎恶，因为我希望他常是十年前的半农，他的为战士，即使"浅"罢，却于中国更为有益。我愿以愤火照出他的战绩，免使一群陷沙鬼将他先前的光荣和死尸一同拖入烂泥的深渊。

八月一日。

"以眼还眼"

杜衡先生在"最近，出于'与其看一部新的书，还不如看一部旧的书'的心情"，重读了莎士比亚的《凯撒传》。这一读是颇有关系的，结果使我们能够拜读他从读旧书而来的新文章：《莎剧凯撒传里所表现的群众》（见《文艺风景》创刊号）。

这个剧本，杜衡先生是"曾经用两个月的时间把它翻译出来过"的，就可见读得非常子细。他告诉我们："在这个剧里，莎氏描写了两个英雄——凯撒，和……勃鲁都斯。……还进一步创造了两位政治家（煽动家）——阴险而卑鄙的卡西乌斯，和表面上显得那么麻木而糊涂的安东尼。"但最后的胜利却属于安东尼，而"很明显地，安东尼底胜利是凭借了群众底力量"，于是更明显地，即使"甚至说，群众是这个剧底无形的主脑，也不嫌太过"了。

然而这"无形底主脑"是怎样的东西呢？杜衡先生在叙事和引文之后，加以结束——决不是结论，这是作者所不愿意说的——道——

"在这许多地方，莎氏是永不忘记把群众表现为一个力量的；不过，这力量只是一种盲目的暴力。他们没有理性，他们没有明确的利害观念；他们底感情是完全被几个煽动家所控制着，所操纵着。……自然，我们不能贸然地肯定这是群众底本质，但是我们倘若说，这位伟大的剧作者是把群众这样看法的，大概不会有什么错误吧。这看法，我知道将使作者大大地开罪于许多把群众底理性和感情用另一种方式来估计的朋友们。至于我，说实话，我以为对这些问题的判断，是至今还超乎我底能力之上，我不敢妄置一词。……"

杜衡先生是文学家，所以这文章做得极好，很谦虚。假如说，"妈的群众是瞎了眼睛的！"即使根据的是"理性"，也容易因了表现的粗暴而招致反感；现在是"这位伟大的剧作者"莎士比亚老前辈

"把群众这样看法的",您以为怎么样呢?"巽语之言,能无说乎",至少也得客客气气的搔一搔头皮,如果你没有翻译或细读过莎剧《凯撒传》的话——只得说,这判断,更是"超乎我底能力之上"了。

于是我们都不负责任,单是讲莎剧。莎剧的确是伟大的,仅就杜衡先生所绍介的几点来看,它实在已经打破了文艺和政治无关的高论了。群众是一个力量,但"这力量只是一种盲目的暴力。他们没有理性,他们没有明确的利害观念",据莎氏的表现,至少,他们就将"民治"的金字招牌踏得粉碎,何况其他?即在目前,也使杜衡先生对于这些问题不能判断了。一本《凯撒传》,就是作政论看,也是极有力量的。

然而杜衡先生却又因此替作者捏了一把汗,怕"将使作者大大地开罪于许多把群众底理性和感情用另一种方式来估计的朋友们"。自然,在杜衡先生,这是一定要想到的,他应该爱惜这一位以《凯撒传》给他智慧的作者。然而肯定的判断了那一种"朋友们",却未免太不顾事实了。现在不但施蛰存先生已经看见了苏联将要排演莎剧的"丑态"(见《现代》九月号),便是《资本论》里,不也常常引用莎氏的名言,未尝说他有罪么?将来呢,恐怕也如未必有人引《哈孟雷特》来证明有鬼,更未必有人因《哈孟雷特》而责莎士比亚的迷信一样,会特地"吊民伐罪",和杜衡先生一般见识的。

况且杜衡先生的文章,是写给心情和他两样的人们来读的,因为会看见《文艺风景》这一本新书的,当然决不是怀着"与其看一部新的书,还不如看一部旧的书"的心情的朋友。但是,一看新书,可也就不至于只看一本《文艺风景》了,讲莎剧的书又很多,涉猎一点,心情就不会这么抖抖索索,怕被"政治家"(煽动家)所煽动。那些"朋友们"除注意作者的时代和环境而外,还会知道《凯撒传》的材料是从布鲁特奇的《英雄传》里取来的,而且是莎士比亚从作喜剧转入悲剧的第一部;作者这时是失意了。为什么事呢,还不大明白。但总之,当判断的时候,是都要想到的,又未必有杜衡先生所豫言的痛快,简单。

单是对于"莎剧《凯撒传》里所表现的群众"的看法,和杜衡先生的眼睛两样的就有的是。现在只抄一位痛恨十月革命,逃入法国的显斯妥夫（Lev Shestov）先生的见解，而且是结论在这里罢——

"在《攸里乌斯·凯撒》中活动的人，以上之外，还有一个。那是复合底人物。那便是人民，或说'群众'。莎士比亚之被称为写实家，并不是无意义的。无论在那一点，他决不阿谀群众，做出凡俗的性格来。他们轻薄，胡乱，残酷。今天跟在彭贝的战车之后，明天喊着凯撒之名，但过了几天，却被他的叛徒勃鲁都斯的辩才所惑，其次又赞成安东尼的攻击，要求着刚才的红人勃鲁都斯的头了。人往往愤慨着群众之不可靠。但其实，岂不是正有适用着'以眼还眼，以牙还牙'的古来的正义的法则的事在这里吗？劈开底来看，群众原是轻蔑着彭贝，凯撒，安东尼，辛那之辈的，他们那一面，也轻蔑着群众。今天凯撒握着权力，凯撒万岁。明天轮到安东尼了，那就跟在他后面罢。只要他们给饭吃，给戏看，就好。他们的功绩之类，是用不着想到的。他们那一面也很明白，施与些像个王者的宽容，借此给自己收得报答。在拥挤着这些满是虚荣心的人们的连串里，间或夹杂着勃鲁都斯那样的廉直之士，是事实。然而谁有从山积的沙中，找出一粒珠子来的闲工夫呢？群众，是英雄的大炮的食料，而英雄，从群众看来，不过是余兴。在其间，正义就占了胜利，而幕也垂下来了。"（《莎士比亚〔剧〕中的伦理的问题》）

这当然也未必是正确的见解，显斯妥夫就不很有人说他是哲学家或文学家。不过便是这一点点，就很可以看见虽然同是从《凯撒传》来看它所表现的群众，结果却已经和杜衡先生有这么的差别。而且也很可以推见，正不会如杜衡先生所豫料，"将使作者大大地开罪于许多把群众底理性和感情用另一方式来估计的朋友们"了。

所以，杜衡先生大可以不必替莎士比亚发愁。彼此其实都很明白："阴险而卑鄙的卡西乌斯，和表面上显得那么麻木而糊涂的安东尼"，就是在那时候的群众，也"不过是余兴"而已。

九月三十日。

运 命

　　有一天，我坐在内山书店里闲谈——我是常到内山书店去闲谈的，我的可怜的敌对的"文学家"，还曾经借此竭力给我一个"汉奸"的称号，可惜现在他们又不坚持了——才知道日本的丙午年生，今年二十九岁的女性，是一群十分不幸的人。大家相信丙午年生的女人要克夫，即使再嫁，也还要克，而且可以多至五六个，所以想结婚是很困难的。这自然是一种迷信，但日本社会上的迷信也还是真不少。我问：可有方法解除这夙命呢？回答是：没有。

　　接着我就想到了中国。

　　许多外国的中国研究家，都说中国人是定命论者，命中注定，无可奈何；就是中国的论者，现在也有些人这样说。但据我所知道，中国女性就没有这样无法解除的运命。"命凶"或"命硬"，是有的，但总有法子想，就是所谓"禳解"；或者和不怕相克的命的男子结婚，制住她的"凶"或"硬"。假如有一种命，说是要连克五六个丈夫的罢，那就早有道士之类出场，自称知道妙法，用桃木刻成五六个男人，画上符咒，和这命的女人一同行"结俪之礼"后，烧掉或埋掉，于是真来订婚的丈夫，就算是第七个，毫无危险了。

　　中国人的确相信运命，但这运命是有方法转移的。所谓"没有法子"，有时也就是一种另想道路——转移运命的方法。等到确信这是"运命"，真真"没有法子"的时候，那是在事实上已经十足碰壁，或者恰要灭亡之际了。运命并不是中国人的事前的指导，乃是事后的一种不费心思的解释。

　　中国人自然有迷信，也有"信"，但好像很少"坚信"。我们先前最尊皇帝，但一面想玩弄他，也尊后妃，但一面又有些想吊她的膀子；畏神明，而又烧纸钱作贿赂，佩服豪杰，却不肯为他作牺牲。崇孔的名儒，一面拜佛，信甲的战士，明天信丁。宗教战争是向来没有的，从北魏到唐末的佛道二教的此仆彼起，是只靠几个人在皇帝耳朵边的甘言蜜语。风水，符咒，拜祷……偌大的"运命"，只要化一批钱或磕几个头，就改换得和注定的一笔大不相同了——就是并不注定。

我们的先哲，也有知道"定命"有这么的不定，是不足以定人心的，于是他说，这用种种方法之后所得的结果，就是真的"定命"，而且连必须用种种方法，也是命中注定的。但看起一般的人们来，却似乎并不这样想。

人而没有"坚信"，狐狐疑疑，也许并不是好事情，因为这也就是所谓"无特操"。但我以为信运命的中国人而又相信运命可以转移，却是值得乐观的。不过现在为止，是在用迷信来转移别的迷信，所以归根结蒂，并无相同，以后倘能用正当的道理和实行——科学来替换了这迷信，那么，定命论的思想，也就和中国人离开了。

假如真有这一日，则和尚、道士、巫师、星相家、风水先生……的宝座，就都让给了科学家，我们也不必整年的见神见鬼了。

十月二十三日。